悲劇的靈魂

希薇亞 *Sylvia and Ted*

艾瑪·泰寧德 著
黃詩芬 譯

國家圖書館出版品預行編目資料

悲劇的靈魂——希薇亞/艾瑪．泰寧德（Emma Tennant）著；黃詩芬 譯. -- 初版. -- 台北市：高談文化，2004【民93】
面； 公分
譯自：Sylvia and Ted
ISBN 986-7542-30-4（平裝）

874.57 93004801

悲劇的靈魂—希薇亞

作　者：艾瑪．泰寧德
譯　者：黃詩芬
發行人：賴任辰
總編輯：許麗雯
主　編：劉綺文
編　輯：呂婉君、李依蓉
企　劃：張燕宜
行　政：楊伯江
出　版：高談文化事業有限公司
地　址：台北市信義路六段29號4樓
電　話：（02）2726-0677
傳　真：（02）2759-4681
E-Mail：cultuspeak@cultuspeak.com.tw
郵撥帳號：19282592高談文化事業有限公司
圖書總經銷：凌域國際股份有限公司
電　話：（02）2298-3838
傳　真：（02）2298-1498
行政院新聞局出版事業登記證局版臺省業字第890號

定　價：新台幣190元整
2004年4月初版

目錄 *Index*

作者的話

《悲劇的靈魂》描述二十世紀最著名且最具悲劇性的愛情事件，詳述希薇亞・普拉斯與泰德・休斯的婚姻走向破裂的過程，全部基於事實，但這仍是一個想像的故事。

三段童年
與一起自殺事件

海洋的氣氛

一九三五年四月二十七日

一個美麗的艷陽天。也許正是夏季的頭一天呢，可是海上卻還沒有船出現，海洋的遠處仍然陰冷又灰濛濛的，就如那個秘密之日來臨之前的天氣一樣。

即使是希薇亞最喜歡的小鵝卵石——那些鑲在白色岩石邊緣，在退潮時刻閃閃發光的紫水晶——也仍不清楚那些黃色的花朵已經開在海草的頂端，海岬邊的沙子也幾乎都給曬暖了。一旦冬季的沉積物在潮汐線下褪成乾燥頭髮的顏色，而且在陽光下分裂成百萬塊碎片，希薇亞的石頭也將失去它們閃耀的光彩，變成史考伯祖母每次在她進門前一定要她從口袋和涼鞋倒乾淨的普通海灘細砂。因此，在它們仍無知的最後時刻，希薇亞在它們明亮、炫紫，閃耀純淨的誘惑下，珍愛地捧起她的寶石，看著這些來自海洋的發光體逐漸在她手中褪去光澤。然後她跑向海岸，雙手高舉過頭，用盡全力把她的珍寶擲向遠遠地海裡。她可以從今天海潮帶來的沙子裡找到更多的寶藏：貝殼、來自某一位溺水的公主的靛青色指甲，以及海洋突然送來的一枚粉紅色海星。

希薇亞也可以感覺得出來，屋裡一直有祕密瞞著她。

她現在正好兩歲半，她慈祥的葛萊波爺爺現在正在離她幾碼的海灘下做日光浴。他穿著一件白襯衫及灰色有口袋的長褲，將報紙拿著他的臉有幾英吋遠，暗暗留意希薇亞的一舉一動，監看她撿石頭，提防她太靠近那一道她被禁止單獨接近的水牆（但自從她更小時發生那件事後，她就再也沒走進那道水牆裡。當時她試著慢慢爬向那片綠色、令人窒息的葬身之地，強烈地感到自己得通過那裡，到另外一頭那個她已熟知，卻從未見過的地方去）。那一次希薇亞的母親奧瑞莉亞把她拉了回來。她一直了解自己女兒有著冒險與逃避的雙重性格——和一個可躲可藏，可以迷失，可以回到出生前胎兒般安謐睡眠的地方。

事實上，希薇亞很清楚他的祖父並沒有隱瞞她什麼。祖父心中從不掛記任何事，他就只是躺在海岬下那個四月的陽光最強烈的地方而已。他正讀著一份麻瑟諸塞州的地方報紙，不時也會喃喃地念出一串德文，低低的喉音越過潮濕的礫石堆傳到孫女兒的耳中，聽起來就像海鷗在啄著他上方硬石灰岩的窠穴。葛萊波沒有秘密——就算他有，也很容易就被揭穿：他的煙斗卡在樹上曲節之處，希薇亞如果找到就可以得到獎賞。或者是一巢裹著明亮彩紙的復活節彩蛋，就藏放在灌木叢中的某處等希薇亞去發現。這就是祖父全部的祕密，葛萊波·史考伯的生命中，沒有困惑，也沒有任何需要隱瞞的事情。

祕密藏在房子裡，廚房裡尤其有一股新鮮的神祕氣息。那扇又大又過時的烤爐門大開，拿出來的好幾碟餅乾和麵包都烤焦了——但是，葛萊美奶奶從來不會烤焦她的麵包啊！當她不是像現在這樣心不在焉的時候，廚房裡總會瀰漫一股興奮的活力，一種固定的節奏與效率：祖母低聲地哼著歌，時鐘滴滴答答地計數著揉麵粉、捶麵糰、把麵糰壓平壓緊的時間。體積龐大的棕色巴克雷無線收音機正播著政府公告、氣象預報與當地新聞的片段。收音機訊號不清、時斷時續地播著無用的新聞片段，看似包羅萬象，其實就偏漏掉葛萊美·史考伯最想要知道的訊息。這些事情都讓希薇亞覺得又擔心又空虛，彷彿她將被知會某一場缺席，一個突然出現在她生命中無法解釋的空洞。

希薇亞已有預感，這將是她與外在世界仍維持完整協調的最後一天。她將失去她與她的石子與貝殼所構成的協調與自足的世界，往後當她通過那片簇生的短草坪走向大屋時，她將無可避免地籠罩在一種苦悶的自我意識之中：我正走在草地上。更糟的是，她隱約察覺到一種無法忍受的恐懼：即使在海裡，她也無法與海融為一體，她將成為某個活著、在呼吸、在蠕動，卻不受海洋所喜愛或包容的異物，被海洋用力吐回，在岸邊被打得粉身碎骨，或永遠被壓在水面下。海洋對泡沫的溺愛，永遠比對希薇亞的還多。

因此，這夏季的首日（一道蛋黃色的光籠罩著葛萊波，他坐在海灘上，對於她的恐懼毫無所覺。）讓希薇亞覺得陰沉與毫無生氣，就像她的紫色寶石一旦離水太久一樣。不論是平坦的海灘、嶙峋的海岬，或是太陽刻正停留的圓高丘與天空，她都感覺不到這些風景的遠近與層次。可能很近，也可能有百萬哩遠；可能是真實，也可能只是小孩子所繪的圖畫，硬是重疊在那個希薇亞該回去吃午餐的廚房上。那個希薇亞心目中又黑又深的廚房，裡面有個女祭司和一口發出嘶嘶聲的大鍋，還有一個關於水壺水蒸氣的祕密。

對希薇亞這種年紀的小女孩而言，三個星期很長。時間感覺很長，因為你還不會數數兒，就算你會吧，你算的也只是這二十一個白天與黑夜所缺少的東西的總數：媽咪的吻缺席了，故事沒有了，爹地回家時那個大大的擁抱也不見了。沒有那個一打開，就會掉出特別替她準備的禮物的公事包。也有可能是，想像這些情景讓她嚥下那些傷心眼淚，讓她想起整個冬天充滿抱怨並令她雙眼發痛的傷風，如果這裡有一隻黑色的公事包，當這隻公事包打開時，裡面將空無所有。那裡什麼也沒有。

一個黑洞打開了。希薇亞挺直地立著並嚴肅瞪視著海洋，引得葛萊波都狐疑地盯著她瞧。但她真的不是一個好女孩。她似乎正瞧著水波上上下下浮動不止的浮標，要不然她就是看到一頭「鯨魚」了。自從去年有一隻大鯨魚擱淺在沙灘上，她就老是假裝看到這頭鯨魚。

希薇亞也試過畫下這頭深色、身上有斑點，獨自游到水域最遠邊界的鯨魚。

這條鯨魚是她的母親，穿越希薇亞不准涉足的危險與深邃的海洋，帶來一個黑暗的祕密。

當這頭龐大、駝背的黑色鯨魚洄游消失在地平線外，希薇亞一直慟哭至臨回家前。

當然，葛萊美．史考伯也注意到，希薇亞與雙親分開後越來越沮喪，這個小孩甚至不記得自己上次聽故事是什麼時候。對於葛萊美從碗櫃與陶罐裡找來給她的細繩、鈕釦、迴紋針、一些舊毛衣上的小碎片等零碎小物，她全都擺得對稱而整齊，完全不復她先前表現出來的創作才能。看來這個小孩子真的該回家了。

但是今天，就在此時，當希薇亞悶悶不樂地從海灘走回來，身旁伴著她的爺爺葛萊波，徒勞地想以報紙摺出逗趣的形狀引她開心：稻草人、有著一對軟軟的耳朵的邦尼兔、有四個黑黑的洞當作窗戶的房子……，可憐的孩子這時將會知道：她很快就可以回家了！

他們會怎麼擁抱她啊！他們會怎麼親吻她呢！

葛萊美在廚房裡滿場飛，她的新能量，生活的能量，生命的能量，讓整個世界重新開始運轉的能量，引來陽光在廚房中跳舞。透過百葉窗簾，廚房裡的陽光變成條紋狀，所以即將出現在門口的希薇亞將會看到一頭老虎，在收拾得有條有理的廚房裡，在擦得光可鑑人的碗櫥和杯子、茶壺與平底鍋之間奔跑——一切就像葛萊美所要求的那樣。

當葛萊美告訴她這個「天大的好消息」時，希薇亞正在看著那頭老虎。她看到一碟薑餅人被從一個大黑烤箱中拉出來放到桌子上：這就是葛萊美祖母答應她的「特別待遇」嗎？希薇亞很煩惱，她抬起眼睛看著她祖母。火爐上有一鍋燉好的東西，這就是她的午餐嗎？現在她要她的午餐，而不是吃薑餅人的時候啊。她在心中看見自己把燉鍋扔到地上，羞恥感便排山倒海而來，廚房的桌子上聞到的是嘔吐物的味道，上頭還沾了一塊吃了一半的紅蘿蔔。她已經有罪惡感了，因為她知道她會吐，這股藏著祕密的全新氣氛，就像海平面與灰色的天空相連，中間是那頭浮出水面的鯨魚一樣——思鄉病與罪惡感，令得希薇亞開始大叫起來。

就像一般成年人面對小孩子情緒過度激動的反應一樣，希薇亞的尖叫引來笑聲和自做主張的論斷：「你會沒事的……希薇亞小親親，你還不了解嗎？這裡，來，這裡……」一條又大又白，幾乎像大床單般的澳洲麻料手帕慢慢靠近她的臉，擦去她的淚後又一股腦地蒙在她臉上——「把鼻涕擤一下！」

不過這都沒用。希薇亞的眼淚雖然乾了，但瀰漫在屋裡的那股新能量還是讓她既受挫又想哭，她直接衝向海洋，把那個溫暖、窒人的廚房以及那些烤盤、愚蠢地張開手腳的小餅乾人全丟在腦後。奔跑的速度之快，連祖父母都追不上。

她一邊跑著，已然知道：對這個世界而言，她已經死了。她的紫色鑲白邊的石頭即使在漲潮中濕潤而發光，但它們仍只是石頭而已。它們寶石般耀眼的光芒，它們的語言，它們痛苦的呼喊，都從她的身上被帶走了。一邊跑，她仍不斷聽到葛萊美的聲音，就像那台故障的收音機一直卡在那些可怕的新聞上一樣：一個小嬰兒！她的新弟弟！

海洋遙遠的那一頭，山丘在那裡終止，一大片水域平滑無波。在那個海洋和天空連成一片的地方，一隻黑色的曲背鯨魚緩緩地移動著。然後，在希薇亞的凝視下，鯨魚像一把刀般潛入水中，準確迅速，未掀起半絲水波。希薇亞轉身，凝重地沿著潮間帶走，這裡的沙子堅硬而潮濕，潮水呈半圓形上漲，形狀猶如眼睫毛的潮間帶，以令人驚奇的方式慢慢地往上推高。

他們手裡抱著另一個人！一個襁褓！希薇亞看到一個巨大的虛無，一個競爭者。這件事看不到未來，這是一個「他者」，一種無用且令人無法接受的東西。

她父親的雙臂，連大黃蜂都覺得安全溫暖，愉悅地圍繞在他身邊，為希薇亞和他的父親嗡嗡鳴叫著——瞧，它們並不叮這個慈祥的巨人！——但此刻，她父親的手臂中擁抱著競爭者，而希薇亞從此被逐出伊甸園。她的母親，這個背叛事件中不可原諒的加害者，她正從平台沿著階梯走下來，闖入希薇亞的視線之中。她宣稱浴缸的水已經準備好，叫喚庭院中的希薇亞回屋子。空氣中飄著她身上令人透不過氣的香味，就像走廊對面萊姆樹的味道。

希薇亞不在。她期待聽到因她的失蹤所引起的驚恐呼聲。可以確定的是，這呼聲是如此真實！葛萊美和葛萊波急急忙忙地沿著海灘跑，以他們的年紀所能容許的最快速度找尋她的身影。

希薇亞可一點都不為他們感到難過。她彎下腰，撿起一隻剛被潮水洗得晶瑩剔透的海星，用掌心握住它被扭下來的紅色觸手。

當葛萊美夫婦終於發現她時，她顯得既安靜又深沈。她筆直地站著，看起來相當鎮靜。當祖父母溫和地帶領她走向那部載她回雙親家的汽車時，葛萊美發現希薇亞今天沒有堅持要帶走她收藏的那些石頭和貝殼而略感安心。

當希薇亞把海星丟回海灘上，一次也沒有掉頭回來看那隻被她所謀殺的新生嬰兒的手時，葛萊美心裡想著：你可不能對一個新來的小嬰兒太在意啊。

一九三五年，柏林

海洋的另一頭，一個從沒踏上她母親故土的小女孩，正在聽她睡前的床邊故事。是那個她已經很熟悉的小紅帽，她那來自德國新教徒心臟地帶的母親最愛的故事。

不過小女孩也發現，每當她的母親麗莎用一種強烈而純粹的聲調，深入而直接地探究這個她童年就聽過的故事時，她的父親總是又生氣又沮喪。小女孩的父親是俄國人，小紅帽的森林對他而言是很陌生的。更糟的是，小女孩一點都不了解，為什麼每當太太說故事的聲音飄到樓下，隆亞・古德曼就清清喉嚨然後走進那間裝飾過度的診療室。每次麗莎的故事講到最後大野狼扮成老祖母的時候，屋裡總聽到開門後又關門的聲音。在古德曼醫生的眼中，小女孩是她的小甜心，她最討厭聽到那扇門打開然後又在他身後關上的聲音。因為那表示他又出門了，他去抒解這個故事所引起的怒氣，至少一小時後才會回來。這個七歲的小女孩叫艾西亞・古德曼，她的心總在希望聽到這個故事和希望親愛的父親整晚留在家中之間撕扯。

今夜，故事再度進入令人難以忍受的懸疑高潮，小紅帽結束她在森林裡的散步，正朝祖母的小房子走來，但樓下的書房卻沒有傳來古德曼醫生的腳步聲。麗莎一邊讀著故事書，一邊皺眉頭：那個踱步的聲音，伴隨著前門打開又關上的聲音，幾乎已經成為這個故事的一部分了。沒有那些聲音，那句「祖母，你的牙齒怎麼那麼長呀！」聽起來也不一樣了。「祖母，你的眼睛怎麼那麼大呀！」麗莎盡責地開始下一句，但她的聲音失去了往日的自信。就連她的小女兒都看起來很困惑，一直盯著臥房的門，似乎認為她一直深愛而且信任的父親可能躲在門後，會突然變成一頭邪惡的大野狼衝出來。

古德曼醫生是一位整形外科醫師，背不好的人和扭傷的人常到他一樓書房隔壁的治療室找他。今晚事情的經過應該是這樣的（麗莎和艾西亞一致認為如此）：當這個故事進行的時候，她們都沒聽到門鈴聲以及一個急診病患進來的聲音。隆亞一定是在那扇厚桃花心木門後面又拉又推那些扭傷的手臂或腳啦，或者是試著矯正患者的背，好讓他們可以筆直地坐在那張又長又薄的治療桌上。

艾西亞對於父親的注意力不在自己身上感覺很失望。她樂於感覺自己就像小紅帽一樣，對幾乎發生的事情感到駭怕。她只希望父親可以微笑著等到快樂的結局——大野狼的肚子被切開了，祖母走出來——而不是父親自己走出屋子。不然在這種情況下，讓患者和父親一起留在屋裡也成。

雖然聽的人和說的人都不安且慌張，麗莎還是說完她的故事。一把大的刀子！野狼變裝後從祖母的床上邊咆哮地跳出來，艾西亞假裝恐懼地尖叫。但即使大野狼從蕾絲衣褶伸出來一隻毛茸茸的手腕，也不能像往常般吸引小女孩那麼多的注意力。她甚至不能等到故事結尾刺傷大野狼的凱旋時刻，就迫不及待地從小床上滑到床下。她得去找她的爹地，她已經好幾次在她爹地正忙的時候闖進他的治療室了，他真的從沒介意過。

「隆亞！」媽咪在叫她的丈夫，她以前從沒在他看診時叫過他。「隆亞，請你把孩子直接送上床睡覺！」

但小女孩現在已經跑到階梯腳下，腳上穿著媽咪在五月送給她當生日禮物的可愛小丑拖鞋。走廊現在又黑又嚇人，就好像小紅帽第一次遇到大野狼的森林一樣。爹地呢？他從不會讓走廊這麼黑漆漆地不開燈吧？至少他幾個小時前離開的時候，走廊燈一定還是亮著的。這些複雜的想法和疑惑，讓這個小孩一時停住了腳步——診療室的門開著，裡面空空蕩蕩的。

也沒有人在書房。艾西亞跑到前門，立定腳跟瞪著它一段時間，然後把她肥肥軟軟的小手放在那個大鍍金門把上。有一個地方可以找到爹地，爹地帶她去過很多次了，那個專門看小兒科的老維多叔叔，他的住處離這裡不遠。而且反正她也睡不著了，除非那個世界上她唯一要找的人在這裡亂揉她的頭髮，吹口哨道晚安，並且在悄悄下樓之前關掉她房裡的燈。

街道又冷又蒼白，雪花與冰屑紛飛。小女孩很快地跑著，對於灌入她的睡衣和格子紋睡袍中的寒冷渾然不覺。街道看起來不像白天那麼熟悉與友善，那些又舊又歪扭的房子上面的煙囪管，看起來就像森林裡的樹。窗戶透出來的光都被掩上了——但對一個這種年紀的小孩子而言，她還不會懷疑這其中有何蹊蹺。森林小徑已經有一段時間沒有人走過，這個被遺棄的、冰冷的林中，沒有任何足跡。

一直到她繞過那個轉角之後，她才看到火。火堆被一個空蕩蕩，看起來和其他建築物沒什麼兩樣的廢棄建築物所遮擋，明晃晃的火舌伸入沒有星星的闇黑夜空。火炬則握在一些沒有表情的軍人手中。這場遊行既吵鬧又刻意壓低聲音，就像父母以前帶她到鎮上的廣場時，她很愛聽到的閱兵鼓聲，直直地朝她走來，像一隊令人望而生畏的縱隊。

她為什麼醒不過來？搖搖晃晃走在隊伍後面的人不可能是維多叔叔！在這個隆冬的夜裡，竟只穿了一條破爛的長褲而且沒有穿外套？而且，不可能，那一定不可能是——

「隆亞！」母親的聲音現在很接近了，四隻手一起抓住小孩，迅即將她從街上帶回她安全、充滿梅子布丁和碎肉派香味的家中。

為什麼他們要帶走維多叔叔？她的父親，這場朋友被綁架過程中唯一的目擊者，為何無力阻止這件事情的發生？而面對納粹的軍隊在猶太祖國上進行的猶太滅族運動，他卻能成功地逃亡，且救了妻子和女兒？

這件事從沒有人談過。當古德曼一家人回家時，門廊的燈仍是熄滅的。這個夜晚必須繼續下去，它也確實繼續下去了。

但這個小女孩無法忘記今夜她闖入的那個森林。軍人認為他們是在從大野狼的口中拯救德國——而且艾西亞發現，他的父親，就像維多叔叔一樣，被視為惡魔的子民，會將兒童生吞活剝。生平第一次，年幼的艾西亞徹夜未眠。在她自己安全的小房間裡，她甚至比任何一次聽到麗莎大聲讀著小紅帽的故事更加害怕。

殺戮是一門藝術

他小心翼翼地爬過峽谷的一側，避開那些因山崩後紛如雨下的碎石。往腳下看過去，當他發現地形傾斜的落差變大時，他不免有些得意洋洋。當他發現一隻獵鷹在他上方的藍色約克夏天空停留時，他突然覺得頭昏眼花，連心跳都瞬間停止了。

這男孩已經摸透這裡的山丘與荒野，他就是它們的一部分。在石南叢和羊齒植物中，在山脈上一道看似裂縫的黑暗洞穴深處裡，那裡的泥土因為夜間掘隧道的工程而保持新鮮，白天看起來赤裸裸的就像一道礦坑疤。這些地方都躲藏著只有他能得到的生命，它們也同他一樣，都是這個荒野的一部分。

他感覺到周圍兔子、野兔、狐狸和鹿的脈搏跳動，他是一個獵人。在一切暫時中止的，殺戮的瞬間，他直挺挺地站著，生命與他自己的呼吸一道中止。然後是那些野鴿、烏鴉、雷鳥溫暖的羽毛，滴得到處都是血，死後仍然明亮而充滿疑問的眼睛。

他有時候受雇打獵，這個男孩的名字叫泰德。那條棕色、湍急、帶著冰冷泡沫的河流沿著最高的禿頂山峰流下來，流過他已經生活了七年的山丘與峭壁。他很快會離開這裡，不再是這個荒野世界的一分子。但七年的時間已足夠讓他學會辨視每一種野獸和鳥的蹤跡。而且他也同時學會如何躲避這些造物的主人：土地所有人、獵場看守人，那些飼養獵物，然後再設陷阱殺死它們的人。

獵人們在荒野中呈扇形散開。泰德搓搓因為整日下雨及寒冷而凍僵的手。咯咯，咯咯，他知道這些聲音將會引來雷鳥和雉雞慢慢起飛，極不優雅地迎接它們的死亡。在來的路上，他曾在山谷的梣木樹上砍下木枝當手杖，但此刻，他的雙手再也感覺不到那木枝粗糙的質感。他走上懸崖的側面，手杖所到之處，小石頭紛紛滾落，情況就像爆竹爆裂散落一樣。

他不知道他是怎麼辦到的，這男孩來到高原的河流捕魚，那裡野生的蔊菜在夏季閃耀著紅色與金色的光芒，而長久不消失的冬季冰柱，看起來就像兒童的釣魚竿被插在河谷上似的。他不知道他為什麼忘了那天不准開火，在那片土地上，所有的東西都屬於某一個人，不論是鳥、動物或樹，都不准擁有自己的靈魂。也許是因為冷及冰雹的關係，即使在這種白晝偏長的季節裡，男孩的眼睛仍在光線之下變得朦朧一片。他掃視了一下荒野，跳過水坑和沼澤地帶，眼前蒙上了一層白色而堅硬的蕾絲面紗。

不論原因是什麼，這男孩都殺了一頭鹿。現在那些男人就在男孩父親家門口興師問罪：這個小毛頭知不知道自己做了什麼？他知不知道這種侵害地主所有權的行為，讓自己非常危險？這個男孩能為自己的行為提出解釋嗎？可不可以請他和他們一道下山到局裡去回答一些問題？

那頭鹿剛剛來到落葉松林的邊緣，當霧呈扇形落在它附近時，牠在荒野上停留了幾秒鐘，就在松木和赤松的風帶後面。男孩先看到它頭上的叉角，多久以來，他渴望（以極其熱切的殺戮慾望）得到這樣的一對角，把牠舉在手中，就像抱著新娘般地帶著一頭鹿的屍體下山？他知道這頭鹿也了解他的渴望，當牠佇立在那裡時，眼神也有一刻的茫然。

一個獵人怎麼可以隱瞞他團隊裡有不合法的成員？誰能負起把槍給這個男孩的責任？一把上膛的A22口徑，隨時可以發射的槍，雖然只是一把舊槍，但所有來福槍的殺傷力都是相同的。

男孩的父親回答不出這些問題。只要是學校放假的時候，不管是什麼季節，男孩幾乎成天往山上和野地裡跑。他真的不知道是怎麼回事。

男孩開火的時候，鹿先倒下，然後再爬起來開始跑——或者說，試著開始奔跑，以一種瀕死的奇異而拙劣的步伐跑了一小段路，跑過陰暗的棕色石南花叢，來到無掩蔽的明亮光線之下，在風雪中朝南曲折地穿行跑下山谷。

現在那頭鹿又跌倒了，翻了幾個身之後死去。男孩站在長滿苔蘚和羊齒蕨的小徑上，發現自己無法到達鹿的屍體所在的地方。

「我就是不懂，」地主說。他坐在火爐附近的一張高背椅中，身旁環繞著他這些年來狩獵的戰利品：松雞的標本、放在玻璃棺中的死鮭魚、以及一對高高掛在牆上的雄鹿叉角。「他一定把槍藏在什麼地方。」得沒收那把槍才行。他們不是就要搬到梅斯伯拉福（Mexborough）去嗎？槍就留在那裡好了。

那晚男孩的父親睡得很不好。這已經不是第一次了：在他的夢中，一艘大船向淺灘駛過去，他可以看到躲在矮樹叢中的敵人，就在沙丘之上，藍空之下。當快艇駛近蓋利玻里（Gallipoli）的淺灘時，他和其他夥伴都已經等待這一刻等了好久。

泰德聽到他的父親在睡夢中大叫。他的父親是一九一五年那場厄運的戰役的少數生還者，他只是一個剛邁入中年的男人，卻已是所有歷史戰役中的老兵。

汽艇帶著死去士兵的屍體返回。你清理一下艇上的血跡，然後繼續你的任務。

男孩的父親大叫，惡夢再一次過去了。

所有男孩的童年中都免不了有殺戮發生。所有男孩對殺戮都有一種喜愛、接受與需要。他如何辨別那些東西應該殺，那些東西必須留活口？為何他不可以像地主一樣，擁有土地及其上面所有生命的生殺大權？

稍晚在泰德的夢中，那頭鹿又復活了。

在夜晚森林裡可怖的黑暗之中，他看到鹿溫柔而懇求的眼神。他彎腰把鹿抱起來，心臟因喜悅而跳動。鹿只是受傷而已，他會把它帶回去照顧。

就在他抱起鹿的身體時，他發現牠變成一個年輕可愛的女人。當他瞪大了眼睛看著她的臉時，她在他的懷中斷氣了。

冥府女王普賽芬妮

一九五三年六月二日，麻瑟諸塞州衛斯理郡

希薇亞不准失敗。她的母親奧瑞莉亞知道這件事。她的弟弟瓦倫也知道。她的教師們（至少希薇亞認為如此）都知道得太清楚了。就連今天電視上將播出加冕典禮的英國女皇，也深知失敗所必須付出的代價。在精神療養院裡待了六十年！人們從表面上看不出女王所承受的事情。

在這個燠熱的日子裡，奧瑞莉亞和一些朋友們在一起。她決定留在家裡休息，讓瓦倫在她口渴時給她送檸檬水。今天不去史考伯長眠的，綠草滿地的艾伍街三十四號。奧瑞莉亞在朋友的屋內看著螢幕上女王的黑白影像走過教堂的側廊，一幅穩健及平衡的圖畫。如果可憐的希薇亞更像女王一點就好了！這位等待加冕的淑女多麼美麗啊。在奧瑞莉亞的幻想中，她的頭髮就像金黃玉米的顏色。可惜希薇亞總是埋首在自己的世界裡，不能一起來看加冕典禮。

但希薇亞已經失敗了。沒有獎賞，沒有進入文學世界的許可證（她在這方面有一個重大的失敗：今年夏天，她被哈佛大學拒絕入學），她一定得設法不要讓母親因為她的缺乏才能及無法成功而蒙羞。她得走，不能造成一點負擔。此刻她已經成為一個阻礙。

她可以到哪裡去？去德國，到波蘭走廊去，到她已死逝的，渴慕的父親的家族去。希薇亞說不出那種又愛又怕的心情，在那裡希薇亞也會被視為一個失敗者嗎？不可能。到英國去，那裡可有希薇亞最渴望寫下來的詩在等著她？會不會又是一個沒大腦的學生在丹佛海峽的峭壁上茫然失緒，除了自己的名字以外寫不出別的東西？她如此地茫然無措，誰會要收留她？奧圖死後，留下窮困的孤兒寡婦，誰會再來照顧她的生活呢？

今天的太陽如此炙熱，當希薇亞在奧瑞莉亞臥室的凳子上踮起腳尖，伸手去打開衣櫃頂層的門時，陽光甚至烤熱了希薇亞的手。陽光透過母親出門看女皇加冕前細心放下的百葉窗縫隙，照亮了整個平凡、自足，漆成奶油色，屬於衣櫃最頂端那部分的楔形物。楔形物上面有兩個小小的白色把手，上面寫著「如果你敢就把我打開。」雖然希薇亞已經接近二十一歲了，她倒是從來沒敢這麼做過。奧瑞莉亞的保險箱就在裡面——對兒童時期的小希薇亞而言，「保險箱」這幾個字的意義，有如森林裡有著一口鋼牙的巫婆巴巴亞亞。試著偷開母親的保險箱看看，你會被活活吃掉。

但今天，也許是因為炙人的陽光透過百葉窗不平整的縫隙射進來（這簾百葉窗也是個失敗，為什麼它的瑕疵沒有被發現修補？）希薇亞的想法離那些可能的後果或懲罰很遠。她的手在太陽可怕的熱度下看起來是粉紅色而且透明的，想到今年夏天死於電椅的羅森伯格——那個人們所稱的核子間諜——，她可以感覺到她的神經在悲鳴，當高伏特電流攫住她的大腦和她的心臟時，幾秒鐘變得像幾分鐘一樣長。如果希薇亞不是總是失敗，她一定會盡力拯救羅森伯格那悲慘的命運。

對一個犯下如此明顯失誤的人，他們會如何處置？（一如往常地，希薇亞必須將痛苦與恐懼的責任歸咎於自己身上。）他們會不會拘捕她，把她永遠鎖起來，來這麼處理一個對社會毫無用處的人？還有時間——也許只有今天，此時此刻，提醒著她——她將進行她完成獨立的最後一個行動。正當女王從教堂的側廊緩緩地往回走，身上掛滿了代表財富與尊貴的動章，希薇亞開始她的死亡行動。

首先，她發現母親的保險箱竟如此嬌小而易碎，一個小孩就可以打破它、開啟它，這對希薇亞是一大震驚。然後希薇亞覺得——這種感覺從來沒有如今日般地尖銳——她只是一個虛弱而依賴的小孩。奧瑞莉亞沒做過什麼錯事，她不該擁有一個已經成長的、畸形的女兒，甚至沒有能力在成年人的世界裡賴活下去。

一切進行得如神話故事一樣，保險箱的鑰匙很快就在珠寶抽屜裡找到了。希薇亞又看到那些她曾站立瞪視的景象：母親夾上她的耳環，在她的頸項四周圍上一圈半寶石的項鍊，準備和她的丈夫一道出去用餐……羅伯‧路易斯‧史帝文生說的：生長在雙親相愛的家庭的小孩都是孤兒。這是希薇亞大到可以認字、明白它們背後神奇的意義，並開始狼吞虎嚥大量閱讀後所吞下的一句話，在她將鑰匙插入鎖孔時又跑出來糾纏她。保險箱打開了，裡面是一瓶藥劑，嶄新的，盛裝了五十顆色彩鮮艷，足以致人於死的膠囊。

在起居室裡，那封信靠著一隻碗立在桌上：希薇亞去散一個很長的步，也許要到隔天才會回來，她要奧瑞莉亞不要等她了。這就是信上所寫的全部。奧瑞莉亞站在那裡凝視著那封信，因為她的正確預感而覺得痛苦。電視上英國女王加冕的閃爍影像將會讓自己的女兒從她身邊飛走，消失，潛入地下。不幸的是，奧瑞莉亞沒聽從她心中潛意識提供的暗示，反而以顫抖的手舉起沉重的巴克雷受話器，打電話向警察局報案。徹底清查街道！這是她在紐約可能聯絡的人的電話！但當她忙著向警方解釋時，心中對此搜查行動已不存任何希望。

這裡極黑暗，又被圓木弄得阻礙重重。希薇亞把圓木堆到洞穴入口的附近，然後再重新整理，擋住這個地獄的入口。地下世界充滿了死亡的聲音，它們在潮濕且充滿灰塵的空氣中啁啾、低鳴、耳語。

她吞下整罐藥片，起先是吞得很急，然後放慢速度。她可以看到一條盤捲的河流從她身上湧出後慢慢離她而去，船隻朦朧的輪廓載著新近死去的人，他們的臉孔蒼白又驚恐。

她聽到蝙蝠吱吱的叫聲，亡靈棲息在煤灰堆上。這是老奧圖在屋子下面特別建造的儲木室，因為他知道這種裝置會在夏天會帶來一些陰涼的效果。這裡的夏天太酷熱，不適合他條頓民族的天性。他不可能想到，這個地下的圓木儲存室有一天將會成為她女兒的墳墓，而她絕望的母親絕不會想到要來這裡找她。

希薇亞睡著了。在她失蹤後的第三天，當她的母親和弟弟坐在她上方的屋裡，在他們已然崩潰的世界裡，當他們拿起食物和水，送到他們已然太過乾涸而無法交談的嘴唇邊，對於希薇亞邪惡而輕率地從平常、有秩序的日常生活中消失一事已然麻木。突然，他們聽到地下十呎處傳來一聲呻吟。

「希薇亞，」奧瑞莉亞喊了一聲。在他們的心中，母親與弟弟兩人已經搜索過極遠的距離，考慮過在那些強暴、綁架案、以及終年積雪的高山上發現她的可能性。「希薇亞，」奧瑞莉亞又喊了一聲。他們直接衝向玄關下那個存放木頭的儲藏室。

稍晚，當冥河水流進希薇亞所躺著的醫院時，她知道它是危險而活生生的：一條電流將會通過她的身體，如他們所說，以將她的神智帶回正常的世界。但當她躺在白色病房，她所想的是：這是另一個企圖失敗的夏天，這一次是關於自殺；這是一個人們把朱利埃斯和以太爾．羅森伯格送上電椅的夏天。

一九四四年台拉維夫

正是聖誕時節，古德曼家族也掛起了節日的裝飾。這附近住的大多是猶太人，他們對古德曼家這種行徑紛紛皺起眉頭。不過因為古德曼醫生主持一個生意興隆的診所而廣受尊敬，所以也沒有人真的在意。

古德曼醫生的太太麗莎因為想念德國而得了思鄉病，卻又因為到處都是歌曲和猶太讚美詩而擔憂不已。也許和往年不同的是，麗莎不會在聖誕夜唱讚美歌，而會從別墅的大喇叭放出那首名為「玫瑰人生」的法國香頌，和最新的狐步和小步舞曲來取代。自從八年前逃離柏林，他們全家就在這個別墅舒適地安頓下來了。至於把音樂開得那麼大聲的原因（很明顯地，有人一直試著把那台昂貴的收音電唱機的音量調低，不過另一個人每次會再把音量調回去），只要從這座美麗殖民式房屋的窗外看出去就知道了。一個女孩正和一位意亂情迷的年輕英國飛行員共舞華爾滋與小步舞曲，這就是古德曼家發出這種不體貼而且震耳欲聾的聲響的由來。她是艾西亞，現年十六歲，比起海蒂．拉瑪（在這位空軍中士的眼中看來）或埃及艷后克里奧派屈拉（在她醉了的父親眼中看來）來，都算是一個美人。

不管艾西亞要什麼，她總能得到，因此她對姐姐西莉亞的抱怨通常不以為意。西莉亞是她的姐姐，她缺少艾西亞破壞性的美貌，正在抱怨如果音樂繼續維持在這個令人難以容忍的音量，她就沒辦法和她最好的朋友漢娜．齊洛多波斯基，專心繼續她們每天在餐室進行的棋賽。艾西亞身上那條絲裙，是由麗莎跪在地上，用那把從德國一路帶過來的大剪刀滑過閃耀的布料，替愛撒嬌的女兒所裁製。她轉身旋轉了好幾圈，裙子隨即如花般地展開。艾西亞彎曲她那年輕而敏捷的身軀，音樂一轉成為吉魯巴的旋律，那裙子就像自己有生命般，有如一艘滿帆的船，在年輕技師的大腿骨之間張起。這種刺激讓他一時放掉艾西亞的手，艾西亞舞著吉魯巴，滑向這個鑲花木地板房間的角落。有人躡手躡腳地從走道過來，門被推開了幾吋，是西莉亞故意開門讓漢娜往裡面瞧瞧艾西亞的德性。可是艾西亞哪裡在乎啊，像她這麼美麗的女孩，其他女孩想怎麼笑都隨她們去。

空軍中士的名字叫約翰．史提勒，他一頭抹油的頭髮和厚唇，使他看起來像一個唱抒情歌的流行歌手。他有一個含糊的想法，認為艾西亞是在利用他，但他實在太遲鈍，看不清艾西亞的目的到底是什麼。她常暗示說在這個世界上，她喜歡的事就是到倫敦去了。那正好是約翰．史提勒的故鄉，也是他在巴列士汀（Palestine）的任務結束後將會回去的地方。有沒有可能她也在暗示她願意跟他結婚？他會為艾西亞做任何事，任何事。目前她十六歲，已經可以和他結婚了——不，事實上他對這一點還完全弄不清楚。

舞會繼續下去，古德曼醫生從書房走出來，去把艾西亞咯咯發笑、嫉妒的大姐和戴眼鏡的漢娜從她們偷窺的門縫後面趕到今晚的跳舞廳去。古德曼醫生蹙著眉頭。面對往後幾年明顯將缺乏刺激的生活，女孩們的對策是蹣跚地走進安靜的庭院中，那裡檸檬樹和柳橙樹營造出樂園的氣氛，而且不會發生任何壞事。

古德曼醫生很煩悶地坐在一張長椅上，看著女孩們進入小樹叢中。現在他又回頭來面對跳舞廳那扇敞開的法式窗戶，當她向下撲往約翰．史提勒的懷中時，艾西亞渾然不覺自己被目擊。她戲劇性地在最上方的梯級上停留，很明顯地，她又在模仿好萊塢女主角的那一套了。

坐在長椅上的女孩們往上看，扮出噁心的表情後，又再度低頭去看她們短而粗的手指。古德曼醫生向前走——他的身影本來被一棟漂亮的石砌房屋的一角掩住了。（那棟房屋他本來要買下來的，後來沒買成。）他的女兒艾西亞，他眼中的蘋果，正在親吻年輕的空軍中士，而且古德曼醫生苦悶地發現，她親吻他的方式非常熟練，就好像她之前已經吻過他無數次了似的。

除了一個父親會有的正常反應之外，隆亞．古德曼最擔心的，是艾西亞會因此完全中斷她的學業。他認為她是一個特別聰明的女孩：她從八歲開始寫詩，而且在那所英國軍官送子女就讀的學校，跟上幾何學或科學也毫無困難。艾西亞當然可以在那個學校裡再待兩年，然後，他答應她，他會設法幫她進牛津或劍橋大學就讀——這個計畫如何？但艾西亞看起來對此相當抗拒——當她露出抗拒的表情時，她看起來甚至比薇薇安．萊姬更美。可憐的古德曼醫生，替他的女兒擔心：她很情緒化。麗莎說這個年紀的女孩有這些表現，是正常的，但古德曼醫生知道，她的不穩定性已經超過一般青少年的標準。每當艾西亞的情緒太激動時，他必須幫她打針，才能使她鎮靜下來。

目前在那道從法式長窗延伸到花園的梯級上所發生的一切，對古德曼醫生而言是一個信號，讓他覺得待會兒也許需要替她的小女兒注射。艾西亞正笑著賣弄風情（他不能想到別的形容詞），她黑色而閃亮的眼睛定在年輕技師的身上，看起就像一隻貓頭鷹正要攫住一隻小型的夜間嚙齒動物一樣（古德曼醫生再度覺得字彙貧乏）。艾西亞拉著他的手走下石階，這對愛侶（古德曼醫生認真地祈禱他們不是）走向溫室。古德曼醫生兩年前就告訴麗莎她不應該堅持做溫室，看看現在發生了什麼事！就在無生氣且快快不樂的西莉亞及漢娜的注視下，約翰．史提勒在古德曼醫生想必所費不貲的溫室炎熱、潮濕的空氣中單膝著地，菩提樹葉撫過他的面頰，局部遮掩了他英俊——除了嘴唇太厚之外——的臉。艾西亞坐在今年夏天麗莎剛上漆的鍛鐵長椅上，一邊整理聖誕綵球——就像她一向會做的那樣。艾西亞的手，她的纖纖十指上塗了赫蓮娜鮮紅色的指甲油，正秀氣地晃動著。熱切的技師攫住這隻玉手，並且把其中四隻手指壓向他過大的嘴巴。

古德曼醫生呻吟了一聲。女孩們身體傾斜，好把一切看清楚。一團英國士兵，一些自願早點來幫忙古德曼醫生裝設花園及跳舞室照明燈的朋友，走過檸檬和柳橙樹林那一頭的大門。

麗莎．古德曼，她已經從法式窗看不到的角落走出來，向這些穿著制服和山姆布羅涅皮帶的年輕新鮮面孔招手。「我告訴你，」她對朋友這麼說過，「當艾西亞大一點，這些英國軍官中的其中一位將會成為她的好丈夫。」古德曼醫生知道她這麼想，他也知道他關於艾西亞的教育的想法只被聽進去了一半。

艾西亞和約翰・史提勒從溫室出現，宣布兩人要結婚，但最大的打擊還沒出現呢。明天，就在舞會過後，艾西亞將會申請護照，好與她的新婚夫婿到倫敦去定居。在某一個恐怖的時刻，古德曼醫生看到女兒的毀滅。而且，誰能在倫敦隨時幫她打針呢？

愛情與婚姻

初次會面

一九五六年二月

劍橋今天很冷。典型的劍橋之冬——寒冷，明亮且粗暴的天空。（不下雪的時候，劍橋的天空就這麼又白又厚重，像她拿來堆在床上取暖的毛毯）。劍橋是一個男性化的城市，呈現一種硬派的美麗，由正方形與矩形所構成，沒有留給矮樹、徬徨或突來的知覺迷失的空間。劍橋的訓諭，像針般挺立在這片終日刮著來自丹麥的冷風的沼澤地上。這是一個最適合研究悲劇的地方，而這也正是希薇亞正在進行的事。

今夜看起來就像另一個諸事不順的夜晚，冰冷的薄霧整日瀰漫在狹窄的街道上，即使到了夜晚，仍有未散去的霧遮蔽了尖塔。宿舍透出的燈光，也因為霧氣而顯得朦朧。

從街上眺望，這個地方看起來既平凡又不友善。女生們住在那裡，從窗戶透出來的薄光似乎在說：這個地方平淡、呆板，沒有生命。就像要印證這個觀點一樣，一條已經磨線的窗帘垂在窗口，在希薇亞下層的房間透出光線。她在房裡打點今晚出門的裝扮，經過外出服的一陣翻揀之後，她歎了一口氣。這棟屋子有著山形牆的壁面與開不出花的灌木叢庭院，裡面住滿了找不到幸福的女人。

希薇亞今天也是諸事不順，幾年前的自殺事件替她帶來鼻竇炎的後遺症，讓希薇亞不管呼吸、思考或移動都覺得不舒服。帶著苦味的靜止空氣刺著她的臉，進入她最內在的存在本體——就算你在窗邊的隙縫與門縫裡塞報紙，冷風仍然會找到你，躺在你的床邊，為你帶來湖泊的寒冷與潮濕。沒有地方躲藏，就算挨在瓦斯爐火的旁邊，就算懷抱著烤煎餅與寫詩這一類令人興奮得發抖的劍橋夢，就算真的和一個英俊又聰明的研究生墜入愛河，一起撐篙浮舟於劍河上：這裡沒有夢，四處蔓延的寒冷是唯一的現實。

希薇亞在衣櫃裡翻箱倒櫃，想為今夜找一件紅色的衣物。紅色，生命的顏色，血的顏色，性愛狩獵遊戲的顏色。紅唇盛綻的微笑，比廣告更鮮紅，比電影明星的嘴唇更豔麗。在褪成育嬰室美麗的粉紅色之前，紅色將吸引一位丈夫。但如果未加留意，紅色也可能帶來傷害，讓你的生命毀滅，心臟碎裂為二。（但不論如何，她仍將穿紅色的衣服，因為這是對抗劍橋冷酷及令人厭惡的幾何圖案唯一的武器。）

希薇亞選了一件「美國款式」的外衣，它的樣式清爽而且作工良好。當她替自己綁上紅色的髮帶，並加上一對銀色的耳環時，她鮮豔的紅唇在鏡子裡向她微笑。哈！在這個學術世界，人人注定要生活在註解中，沒有女人會這麼穿的：那個「Dorothea Casaubon的習作要標示清爽，As You Like It的註解要在這個星期之前完成，準備在悲劇愛好者俱樂部上討論」的世界！她不穿保守的有袋前釦毛背心，也不打算在家獨自安靜地享受絕望，這位紅唇女郎在金髮上箍了一片醒目的紅髮帶，正要出門行凶——而且也許，只是也許，如果她在這個凍死人的二月天居然交上好運，她說不定會遇到另一位與她同樣嗜血殺戮的人。

在沼澤的冷空氣裡，新的詩生長繁盛著，它們基於相同的急切性而被寫出與修改。幾天前，希薇亞在橋邊發現一本待售的新刊物：「聖波多乎期刊（Saint Botoph's Review）」，裡面有一些令人興奮的新詩人的作品。

希薇亞記得這個「刊物」（其實它看起來比較像散頁傳單）裡面某些詩的段落，特別是一位名叫泰德．休斯的人的作品。

今晚在方柯雅德（Falcon Yard）的婦聯會有一個派對，目的正是要紀念這個刊物的首度發行。希薇亞將會出席。她並未真正受邀，但她會去，去和那個她從刊載在「聖波多乎期刊」的詩中認識的男人會面，去見那個唯一能與奧圖相提並論的男人，她的王子，她夢中失去的父親。她對他的長相一無所知，但她知道，一旦見到他，她馬上就能認出他來。難道希薇亞不是充分享受這種邂逅方式，而所有感傷的通俗流行歌及婦女雜誌也大肆宣揚，稱其為無法躲避的「命運的相遇」嗎？就這樣，希薇亞迎向她的毀滅。

首先，她當然得穿暖一點。從宿舍到劍橋市中心的國王學院（King's Parade）得騎一哩路，而且如果沒有穿上長大衣，還會被處以六先令八便士的罰款。以一九五〇年代來說，相當於中世紀英國的四便士銀幣。在長大衣下面，她至少得穿上兩件毛衣和厚長襪（當時還沒有貼身襯衣）。在所有細心裝扮的最頂端，一個只露出臉的頭套會讓性感的紅唇變得朦朧，只看到一個紅通通的鼻子，但這個紅色不是有意的造作，全是因為寒冷的緣故。她在鏡中看到一個活生生的妖姬，一個意志堅決的女人。

米勒酒吧

這裡又吵又暗又擁擠，已經為派對精心打扮過的希薇亞，正和一位熟人漢米許・史泰瓦（Hamish Stewart）一起豪飲。在這種情況下，他仍把她認了出來。兩杯威士忌，三杯威士忌，四杯——他忍不住愛慕地盯著她，彷彿那些酒液開始流動，顏色流到她的雙頰與她那對足以對抗劍橋寒冬的明亮棕眼裡。他懷疑她是否已經醉到沒法去參加派對，所以他決定跟著她離開，找地方和她做愛。他替她點了第五杯威士忌，她笑著纏在他的手臂上，紅唇向上接近他，佔據他全部的視野：一條緋紅色的中世紀大帆船正張滿它的船帆……。當他試著吻她時，後面正巧有人靠近，用手肘推擠著她想前往吧台。

「我是妓女嗎？我是一個自甘墮落的女人嗎？」希薇亞說，極欣慰於自己的魅力。

這位馬上要送她去迎接她的命運的護花使者，卻懷疑自暴自棄、將自己描繪得污穢及無價值，是否是希薇亞唯一釋放自己的方式。（這位拿傅布萊特獎學金的高材生！）他微笑地說希薇亞是個傻女孩（而且稍晚他還會再說一次同樣的話。他似乎無法理解希薇亞心中對痛苦及屈辱感的需求），但目前——

我們去加入那場派對吧，希薇亞說。她的語調如此含糊，漢米許真的開始擔心她會實踐那些威脅：她揚言在舞派對上大聲朗誦那些她已熟記在心的詩。

關於冰涼的冷風所能引起的效果，是一件很耐人尋味的事。當希薇亞到達這個被高聳而狹窄的建築三邊環繞的庭園時，她顯得極冷靜，而且展現出一種不染塵俗的美麗，就好像她的一生就為了今夜而做準備，她將讓這個夜晚與她身上的香水同樣芬芳，而這段如同寶石般閃耀的記憶，也將變得與她同樣蜚聲於世。

在通往一樓的階梯門邊她一度停留，轉身看著漢米許，彷彿本能地向他再次確認今晚這個機會的重要性。然後她再度轉身，開始走上那道未鋪地氈的木製階梯。漢米許跟著她，一邊想著自己已經失去她了。

這個房間平常提供給婦聯會使用——這個組織的成立，主要是為了反制男性成立「紳士會」的自大與傲慢（但它的基金會從未充裕到足以提供與紳士會相同等級的舒適）。室內大約二十六呎長的空間，今晚它未加裝飾的舞台特別有一種壓迫感，因為實在很難把一個小型爵士樂團和難以計數的人，全塞進一幢維多利亞式房子的一樓。

婦聯會在座落在一家魚店的樓上（這也相當程度地表現出婦女在這個城市的劣等處境，在一九五〇年，這裡的男女人口比例是十比一，而性愛是一種珍稀的必需品），一旦走上這道聞起來全是魚腥味的木階梯，通過陡峭的梯級，他們看到的舞會其實還不差：爵士樂，穿著黑色polo圓領衫、畫粗眼線、頂著一頭鳥巢頭的女孩們。男人也穿一身黑，在高談闊論布魯格（譯註：William Seward Burroughs, 1914-1997,美國小說家，一九五九年以小說《裸體午餐》（The Naked Lunch）而聲名大噪。）與卡夫卡。

在房間的另一頭，希薇亞一眼就看到他。她當時正與路克．米爾斯（Luc Myers）狂野地跳舞，熱氣與興奮使她再次陷入酩酊狀態，她高聲朗頌著路克所發表、她早已牢記在心的詩——就在那裡，那個她已經等了一星期想見的男人就站在那裡。

這個大廳的盡頭是一個小廚房，中央隔間的木製牆壁上有幾道窗，可以看到大廳的情況。廚房中央放了一張過度磨損的大桌子，上面盛了好幾大盆用葡萄酒、白蘭地、伏特加及水果切片混調的雞尾酒，酒性強烈的程度，你非得需要劍橋那些冰冷的空氣所形成的隱形長廊，才能指引你回家的路。除此之外，桌上只有一瓶軒尼斯白蘭地，濃烈明亮的琥珀色，一如希薇亞剛和路卡跳完舞，正走向那位陌生人的眼睛。她追尋的男人終於穿越整個樓層去見希薇亞，並且接過她抬起的手，帶她進入廚房，走近擺放了軒尼斯酒瓶的桌子。

現在這個婦聯會平日常舉行政治辯論（「上帝是否存在？」是最近被認真討論的問題）的房子，它末端的小廚房發出了一些喧囂的聲音。依據某些深思、嚴肅、沒有追求者的女

研究生的描述，對一九五〇年代的劍橋而言，一個「意外」是不被允許且不尋常的。（畢竟它可能造成與當局的衝突）

路卡・米爾斯第一個看到廚房的情況。幸好有那幾扇連通大廳的窗戶，任何人都可以清楚看到全幕的景象。旁若無人的一男一女兩個人，那情景如此狂野、原始而怪異，讓人們忘記音樂、停止他們正在進行的對話，全場的氣氛變得非常狂熱，連下面的魚腥味都透過樓地板傳上來，雞尾酒和葡萄酒的氣味更加強烈地散在空氣中，幾乎形成一道紫色的霧。這是放蕩狂歡的一幕——由酒神所放縱，以這個戰後清教徒的城市所不許可的行為為柴薪，燃起雄雄的地獄之火。

這裡面也有滑稽劇的元素：在大聲喊出泰德所寫的詩的第一行：「我做了，我」希薇亞邊頓足狂喊，語言從她的紅唇連串傾出，然後，戰鬥開始了，他們繞著桌子追逐，其他參加派對的人擠向廚房門口著看這色慾的一幕，有些人覺得很難為情，有些則喝著采，鼓舞他們陷入更狂亂的狀態。

一切就像是電影的情節，就像早已寫就的劇本中的一幕，而演員們已經排練了那麼久，他們已經成為所扮演的角色的化身。

第一幕，希薇亞的髮箍——那條紅色的緞帶，陪伴她經歷過沮喪與劍橋的寒冬，象徵生命、慾望與需求——從她的金髮上被扯下來。

第二幕，她的銀色耳環被扯落，她則因為疼痛而驚呼。耳環被當做戰利品，希薇亞被剝光了，赤裸裸地站著，等著把自己當聖誕禮物一樣獻出去。

將鏡頭拉近，百對眼睛不可置信地瞪著這一幕：這個女人仍以其紅唇為武器，正與死亡爭鬥著。她以吸血鬼的姿態接近她的對手，張開她鮮紅色的嘴唇，尖利的牙齒刺入他的臉頰。當血滴下來時，兩人的身體也分開了，突然因為這場爭鬥的張力而顯得茫然，在發現自己竟無視任何人在場，而居然所有人的目光都集中在他們身上時，他們突然覺得羞恥，慢慢退回人群中去了。

希薇亞嚐到了血的味道。

稍晚，希薇亞和漢米許進入學院建築裡，躺在地板上做愛。最終她仍認定自己是一個鮮紅色的女人，一頭噬人的野獸，一個身家不清白的流浪人，一個妓女。她希望別人也能認定她就是這樣的女人，憑著她的一頭紅髮，她輕易能將任何男人生吞活剝。

但漢米許是一個實際的、冷靜的人，他再一次告訴希薇亞她是一個傻氣的女孩。對希薇亞而言，她絕不會輕易原諒漢米許居然這麼說。

大屠殺之夜

一九五六年四月十三日

十三號星期五，希薇亞父親的生日。但是在若干年前的這一天，他們卻在路比街（一條位於布魯斯貝利下城區，全無綠樹遮蔭的街道）十八號的公寓，發現父親的死亡。這裡也是派對之後，她將與泰德第一次會面的地方。她現在要做的，將是以一場強暴事件，來悼念老奧圖的死亡。

到底是誰強暴誰的問題，讓住在樓上的一位寂寞的女人思索良久。那些哭泣著的、被擊潰的、在一場交會中獻出靈魂和生命的人們，對心碎的希薇亞而言，從來都只是在她前往巴黎去找尋一位不可能找得到的愛人之前，用來填補空缺的填充物而已。

這層公寓就像歷經過戰爭般的髒亂，破舊的家具之間，到處都是性愛遺留的痕跡，人類呼吸的氣息，在玻璃杯上蒙了一層霧氣。這裡就像海邊防波堤或橋柱上的小空間，輕易就可以看到通姦的場面：報復的丈夫及年輕的情人們穿著他們的長睡衣，在警察強力探照燈的閃光下就逮。然後，當一切重歸黑暗，這一次我們看到的是兩位詩人在極端暴力的愛情中，遺棄了他們的詩韻。月亮在早被煤煙燻黑的倫敦市上空升起，住在倫敦那位英俊的年輕男子只擁有一件黑色的楞條花布夾克和五雙襪子，其中三雙上面還有洞。然後月亮慢慢畫著圓弧趕上黎明，而他們仍在撕咬及親吻著對方。

他在她眼中見到一條北方的河流，那裡有鮭魚正奮力跳過白色的水瀑，想進入清澈的池中產卵休憩。

他看到一部凱迪拉克，一條又長又直的路，一個加油站，一場謀殺案，以及一片延伸在地平線上的廣大平原，上面點綴了幾個小農場，就像一張長紙捲上寫就的告解字跡。他看到美洲那片未馴化的土地上的崇山與激流。

然後他拉回她的頭髮，捉住她的脖子，所以這片寬廣大陸的全貌可以盡在他的掌握之中。

當她的頭髮攏回來時，他看到那道疤。

她在泰德身上看到的，則是傑克、豆莖與巨人全部結合成一體。她爬上這個巨大、強壯，足以舉起全世界的身體。

她看到一隻老鼠，她跺腳，拿了鏟子——砰！它匆匆退到牆角，對她的自由、率直，她的開放的美國人面孔感到恐懼。

她聽到他的口哨聲，把那聲音視為瀑布的轟隆怒吼聲。一旦在池中溺水，她即刻放棄掙扎。

然後，當她在他的眼睛裡看到了她的死亡勳章，三年前自殺未遂的傷疤時，她看到她的父親走入門來。

他看到她凍得發抖，她的瞳孔因那些緊攫住她的影像而緊縮。他領她回到現實世界。這是強暴！但在這個骯髒的房間的小角落裡，他看到她仍然兩眼發直。

現在他終於看到圍在美洲大陸外圍的鐵鉤倒刺，腦海裡響起警告的聲音：保持距離！但已經太遲了。他們兩人的身軀交纏，一切悲劇已然無法避免。他們的眼裡再也看不見對方或自己，更別提窗玻璃外掛著黯淡月亮的灰色天空。

此刻他們唯一見到的是奧圖的鬼魂，在白晝的光線中越來越茁壯、清晰。

水

一九五六年，英國劍橋

五月，英國的各大幹道兩旁都是綠草坪，小朵的野蓮花滿布在大片水面上，引誘雙眼明亮的女孩們紛紛從平底遊船上失足，像奧菲莉亞（Ophelia，莎劇「哈姆雷特」中男主角的戀人，採花時失足墜河而死。）般跌入泥濘的河底。布穀鳥啼叫，河岸兩邊的山楂木開著紅色與白色的花（據說帶此花回家將引起厄運）。泰德將船推到一株柳樹下，他和希薇亞兩人就躺在這個隱蔽的角落讀書和接吻。他們很快樂，人生中只有這一次的青春時光，而現在正是五月春光正美的時刻。

但這一切都不能阻擋泰德不斷寫出新的詩，由希薇亞打字後，再以她那一筆像她微笑臉孔一樣圓的字跡寫上地址後寄出。它們越過一道泰德從沒越過的海洋，去見書籍和雜誌的出版商，去見名不見經傳的機關和廣受歡迎的報紙，去參加一些希薇亞知道泰德非贏不可的詩歌競賽。「男士優先」，這時候世界剛剛甦醒，婦女們仍裏在她們沾上麵粉及冰糖的圍裙裡，她們都像希薇亞一樣，夢想著一個百分之百的美國式廚房，好烤那些令人垂涎的餅乾和蛋糕。男士優先是對的——她躺在一座環繞著金鳳花與山楂樹的涼亭中浮想連篇，河水輕輕地拍打著河岸上過度茂盛的草坪，然後在一對互獻殷勤的情侶走過時，草地上的水又匯聚成一道道淙淙細流注入河中。希薇亞是這麼相信的：男士優先，她很樂意居於次要的地位。

希薇亞從內心深處無可自拔地愛慕著這個男人。她已經陷入愛河，儘管非她所預期，儘管不久前她還愛著理察及菲利普，儘管她自己陷入絕望與突來的情緒高峰之中——她知道她自己擁有這個男人。她也知道，這個現在像運動員般躺在船尾休息的男人，他的俊美將吸引女人聚集到他的身邊。但至少現在她愛慕他（以及她自己），單純地只是因為她帶他共享的美妙悠閒時光。一切就好像泰德，這個人類中的巨人，一直在等著有人捉住他似的。

當然，希薇亞害怕她自己的天真無知。有一天她將失去他——但是不，她得停止想到這些事。她的母親奧瑞莉亞已經得知希薇亞的生命中，闖進了這個代表力量與信任的完美典型，希薇亞在家書中將向她證實了這件事。

泰德喜歡的東西似乎都和水有關。當他跨過水邊那一片長了苜蓿與蘭花的紫色草地時，他的腦海裡想的都是鮭魚，彷彿在他的心眼中，他看到它們正在河床上游著，身上斑紋流動的情況，就像清水裡鵝卵石折射的光。他帶蝦子去探訪希薇亞，蝦子身上粉紅的色澤彷如嬰兒的指甲，讓他聯想起一大片平坦無波的水面，以及崁伯海灘（Camber Sands，位於肯特郡）養殖的漁網。這個想法往往變成實際的宣示：「我要帶你到海邊去。」但泰德知道——而且某種程度而言，希薇亞也知道（但她痛苦地隱藏起這個想法）——比起這個陸地狹窄、森林中樹立了一堆禁止標示的國家，美國擁有更好、更自由的海灘。畢竟，在英國，那裡有隱蔽的無人小徑可以直接通往海灘？還不如留在這裡的河上，划槳撥過長滿雜草的河岸。

今天的泰德帶著得意的神情，從泰尼森路來到希薇亞的房間：他們今晚將會有一頓豐盛的晚餐。他們兩人就像童話中的乞丐一樣窮，但也像在童話故事中一樣，仁慈的大自然不會吝惜它的賜予。一條鱒魚掛在泰德褲子的口袋上，當泰德親吻希薇亞時，他聞起來像湖底的爛泥巴。在水的咒語之中，兩人把平底鍋架到瓦斯爐上，將泰德今天的獵物滑進鍋中。他們多麼快樂啊！當他們坐下來享受這場盛宴，細心地從新鮮的魚肉裡挑出骨頭的時候，他們如此告訴對方。

婚禮

一九五六年，倫敦，喬伊斯節

對泰德而言，「不」是一個很難出口的答案。他已經見過這場婚禮，就像夢一般清晰，而且像夢一般緩慢移動，以自己的步調進行，完全無視於現實世界中時間或地理的邏輯性。他的新娘——當他們離開祭壇，他將會執起她的手，引領她走下皇家紅毯，去到等待的群眾之中。但唱詩班現在才剛到，而新人正被威尼斯廣場上隨處可見、身上有環狀白羽的紅色鳥兒所圍繞，它們通常或振翼或飛翔或停留在旗杆石上。一條閃耀著粼光的河流就流過廣場邊，上面有一隻駁船在等待著。然後是希薇亞的母親走向前，緊張地微笑著，這時泰德已經又回到牧師的前面去了。牧師向他們解釋不管新郎有多麼企盼，但這對新人不能在西敏寺大教堂舉行婚禮。這個教區的教堂是聖喬治教堂——他們可以接受嗎？當然，這個穿著黑色夾克的英俊男人必須回答是的。

幾個晚上之後，泰德夢見希薇亞將在婚禮上配戴的珠寶。當教堂的鐘聲響起，紅寶石在太陽下閃閃發光，像水一樣明亮純淨的鑽石圍繞在她的脖子上，混合了和青草一樣翠綠的翡翠結成一條鍊子。新娘在頭上戴了一個鑲著寶石的頭飾——但到此為止，夢中的豪華已足夠令他滿足。泰德通常保持清醒，他知道自己正在朝向盛名及王座前進。西敏寺大教堂總有一天會開大門迎接他，對此他有十足的信心。

至於這場婚禮的實際情況則是如此簡單，儀式及象徵如此缺乏，他從中必然感受不到身為自己所創造的世界的主人，這導致泰德在婚禮進行時進入另外一種白日夢之中。他們的婚禮甚至沒有證人和男儐相，在場的只有教堂司事協助他們交換戒指，旁邊是他穿著粉紅洋裝的新婚妻子。

他在婚禮上的白日夢是更日常性，更片斷的：六月十六日是詹姆士．喬埃斯與茉莉．布倫（譯註：Molly Bloom，喬埃斯名作《尤里西斯》（Olysses）中主人翁李奧波德．布倫之妻）的日子。他以對他的英雄熾熱的情感，賦與這個平凡的日子及這場過度簡化的結婚典禮特別的價值。在他的白日夢中，他凝視著他們即將前往慶祝的酒吧，看到一品脫的健力士啤酒，以及酒吧中人們經過終日勞累後疲倦的臉孔。他看到自己以及他美麗的棕眼妻子成為群眾的一部分，成為一對沒有名字的戀人，一個新娘與一位新郎，他們唯一的關連，將是地下室裡一張霉臭的結婚證書上的簽名，上面還有蛀蟲吃過的痕跡。

當他從空蕩蕩的教堂出來，走過隨風吹起的紙袋以及人行道上的狗糞時，一位原本匆忙趕路的女士，卻在看到希薇亞穿著婚禮的粉紅洋裝後停下來，先是皺眉，然後微笑。泰德也向她微笑，從此他將一路領著這位全新的英國女人希薇亞，走向她的未來及命運。泰德知道他們所留下來的痕跡將是傳奇性及驚人的。他停留片刻，好像在等待缺席的攝影師。然後兩人不被察覺地交換了一個微笑，一對新人就此踏上他們的人生旅程。

一九五六年七月，班尼多恩（註一）的蜜月

有些事情不對勁，錯誤潛伏著。在加達寡婦的屋裡，老鼠專挑惡夢無止盡的時刻，在頭頂的椽上奔跑。整個白天的安靜以及整夜的喧鬧，一切有如希薇亞跑馬燈般的腦子一樣瘋狂。

至於泰德，他又怎麼了？他的身上帶著一種靜默與沉重的力量，他會坐在山丘上一個

小時，扮演一群紅螞蟻的上帝。希薇亞不悅，以刺耳的聲音挑戰他這個用粗肥的手指玩出來的殘酷遊戲：「我討厭這裡。」，她說。他轉過頭來看她，她後面是整片閃耀著光芒的寶藍色海洋，小小的港口，看起來就像小孩的玩具一樣。他向這個看起來有如烈日下的稻草人般憔悴的女人微笑。「蒙加達寡婦昨夜想向我們下毒。」希薇亞在說話的同時，也意識到自己聲音中的歇斯底里及瘋狂。這個高大的美國女人不該屈服在一個寡婦的力量之下，不該屈服在故障的瓦斯熱水器，及水龍頭不出水所發出的刺耳聲音之下。到底發生了什麼事？究竟哪裡不對勁了？

但一個男子漢必須展現他的氣度，他應該像莊嚴的太陽般完整、包容且恆久地燃燒，不能像她的太太那樣，時時處在有如月亮圓缺般的情緒起伏之中。他仍繼續雙膝著地，跪在西班牙這片赤裸的紅色土壤上，沒有回答他妻子的話。螞蟻在他的腳下表演奇蹟，避開他所堆起的迷魂陣而行。他走過去牽起她的手。「我們沒被下毒。」他說，聲音低沉，一點都沒有嘲笑的意思。難道泰德不相信他的新婚妻子有能力從她自己身處、而他也知之甚詳的黑暗世界裡召喚任何東西嗎？「如果蒙加達寡婦要我們死，」他繼續解釋，態度像在對一個學生解釋科學問題般的認真：「我們現在早就已經死了。」

希薇亞沒有笑：她不知道何謂自嘲，在她的家庭和學校生活中從沒學過這件事。她的母親非常嚴肅，只會不斷逼她做每件事。因此她誤會泰德的語調是一種污辱，她跨大步走開，只在身後留下一連串的字句：「那個東西在冒泡泡，你也聽到那個聲音了……她撒了毒粉……希望我們死。」

這一次，後面傳來重重的腳步踩在燒焦的土地上的聲音，一隻手搭上她的肩膀，一陣大笑聲就像一陣號角，領她重新回到愛情之中。「那是小蘇打粉。」泰德大聲吼著，以對抗從海洋吹上來的乾燥的風。海平面像塑膠布一樣輕盈、明亮而起皺，小船像綵花一樣地點綴其上。「她只是在鹽裡加了小蘇打粉而已。」終於他們兩人都笑出來，一起滾倒在多刺的灌木林上笑著喘氣，一直滾到寸草不生的道路邊緣才停止。死亡至少在這一分鐘遠離了他們，他們就像那些荒涼山丘上的紅螞蟻般，暫時脫離了死亡的魔掌，渡送了一些日常生活的斷片進入這片風景之中。「晚餐吃新鮮的沙丁魚。」進入租來的車裡的時候，希薇亞唱起歌來。他們竟愚蠢到把車子毫無遮蔭地停在西班牙午後有如烤箱的氣溫下。他們在路上加速前進，想以最快的速度脫離這難堪的燠熱，小車子不斷在轉彎處發出吱吱怪聲。就像回應他們的希望似的，路上出現了一些小水窪。他們正在朝向今晚的盛宴前進：葡萄酒、性愛、眼前美好的時光、超越一度如此逼近、無法估算的死亡時刻的勝利及榮耀。在西班牙這個國度，究竟有什麼東西加深他們既期待又畏懼死亡的情緒？為什麼那個從移動的車窗外輕率傳入的不安，又隨他們回到他們所下塌的寡婦家？那股不安隨他們從鵝卵石小徑上走下來，經過葡萄園，進入一樓的房間。（在希薇亞的小說手稿及家書中，對這個有著法式長窗的地中海式房間，有過詳盡的描述。）那種感覺到底是什麼？它在他們的身旁縈繞不去，猶如一股濃重的血腥味。

西班牙是紅色的。希薇亞被烤焦，她的白皮膚在紅土翻揚的鬥牛場上，被太陽曬得發紅且生出斑點來。她恨西班牙，她恨她體內那些因為興奮而高漲的血潮，彷彿場上被激怒的鬥牛身上的傷，隨時準備噴出新鮮的血液。泰德喜歡這連串牲畜遭刺殺、格鬥及死亡的過程，也很貪看年輕女孩在場邊跺腳、發出噓聲、鼓掌的模樣。但當希薇亞看著這個古老、殘酷的運動時，一陣暈眩感襲來，激怒讓她的眼前一片血紅色，臉上曬出水泡，內臟也感受到一股有如刺穿般的疼痛。當牛身上插滿劍，最後一次朝向鬥牛士血紅色斗篷衝過去時，希薇亞倒向那個他新婚的男人，用力拉他的手臂：「我想離開，我們兩個必須馬上走。」彷彿目擊最後這氣喘吁吁的死亡乃是一種喪失尊嚴、屈辱的事，不該由他們兩人來分享。「不，你走。」他喃喃地說，整個人完全沉迷在震天價響的音樂及動物被格殺的血腥惡臭之中。她感到一陣噁心，知道泰德其實在心裡暗暗責怪她體內呼應自己想逃走的神經質衝動而引來的血潮。她的月經在此代替她發言，那股鮮血就是她。當場上鬥牛身上的傷口如此鮮明，紅色血絲的眼睛井然有序地張合，死亡隱約在背後向她閃爍著某種訊號，就在此時，她體內那股血潮洶湧地奔流而出。

稍晚，希薇亞邊啜泣邊在蒙加達老巫婆的家中找水喝。乾淨而清澈的水是她現在最想要的東西，但它卻被老女人下鎖保管，讓她付了錢的客人不能洗東西或在這瘋狂的地方自己煮杯咖啡喝。是希薇亞自己瘋了嗎？有時她覺得自己的身體一定由月亮所控制，從空無一物到於黯淡的早晨逐漸成熟，最終像石榴般結滿未萌芽的種子，身體幾乎要爆開來。她會不會在從未孕育新生前即死去？在這種周期性的血流之中，她已經謀殺了多少自己的小孩？

希薇亞知道，比起大多數的女人，她被體內一種更強烈的潮汐力量所牽引著。當這個潮退走，她情緒高昂卻尖銳乾澀，半死不活地伏在一片瓦片上，完全沒有留存之前被波浪拍擊的記憶。然後她被體內湧起的暗流托起，整個人像是漂流在情緒大海中的浮物般，她逐漸改變，那些暴發的怒氣，就是在海中凸起的礁石。最終她必會完全潛入情緒之海中失去意識，當她再度浮出水面，她的雙頰留下抓痕，鼻子也因流血而搔癢。這是她每個月都必須經歷的循環，是月亮同她開的一個大玩笑，也是她憎恨自己丈夫那張每天千篇一律、遲鈍的假面具的真正原因。在那個假面具之下，他的內在其實被囚禁在另一個世界之中，那個世界像鉛一樣沉重穩固，像死亡一樣帶來寒冷及原罪的懲罰。

註一：Benidorm，西班牙東部某一臨地中海的小鎮。

朝向北方

一九五六年秋天約克夏郡

這是一個多麼奇怪的國家！它的溪流平靜，村莊過大，尖塔就像削尖的鉛筆一樣直接刺入白色的天空。這怎麼會是曾給過偉大詩人無盡靈感的地方？（當然泰德也將名列英國大詩人的一員，希薇亞對此幾無懷疑。）怎麼會有像英國這樣小，這樣明顯地無足輕重的國家，卻居然培育出這麼多自信滿滿的天才？

對這個坐在骯髒的車廂後座，渾然忘記周遭的不適、窗外的風景與溫度的男人而言，當有如惡魔般可怖的英格蘭中部諸郡的風光逐漸退去，湖泊與荒原出現在視野之中，上述這些問題開始得到回答。甚至還有一個令人滿意的暴風雨來湊熱鬧哩，它來去匆匆卻戲劇性十足至駭人的程度：山丘及山中的湖泊全都變暗了，而一大片綿延數哩，飽含敵意的暗棕色羊齒蕨，在太陽、冰雹和暴雨的肆虐之下頃刻間變成了深橘色。

這是華滋華斯（William Wordsworth，英國詩人）的國家，是屬於浪漫主義的狂暴風景！希薇亞坐在這部老舊的火車裡，從煤煙燻黑的車窗盯著外面看。一時之間，她滿足於自己對這個男人的天性找到解答。這個她匆忙下嫁，每天都愛多一點，但了解少一點的男人！火車引擎吃力地朝上坡推進，斷層逐漸退後，無人居住的山谷（或者只是她以為如此）一度在她眼前展開，然後又重新陷入黑暗之中。真是令人驚歎的風光！但希薇亞心中的某一個角落清楚地了解，比起美國來，這根本算不上一回事。在這個仍束縛於戰後眾多規定與禁令的彈丸之地，不管她在哪裡，都下意識地渴望著從未見過的大草原、沙漠以及巨岩。

泰德的父母就像這個崎嶇多峭壁的國家般難以捉摸，而他們似乎也很樂意待在這個國家——至少並不排斥。他們的房子溫暖舒適，但希薇亞很難不注意到她的新婆婆掃視她的快速而好奇的目光。對她而言，希薇亞同意與這個家中最小的兒子結婚（事情似乎是如此），卻沒有邀請他的父母觀禮，這令她相當介意。當新婚夫妻試著解釋他們對此婚姻不能聲張，以免學校發現後將希薇亞逐出劍橋大學時，年長的母親皺起眉頭。對這個正在廚房中忙成一團的母親而言，「守密」似乎是外國人才有的想法。（如此素樸的廚房，讓希薇亞想起自己在艾亞提斯萊大道上那個設備簡陋的廚房，然後又想到她母親那些閃閃發光的廚具，結果竟引起一陣突來的思鄉病。）

感覺起來，泰德像是離家很久，中間從來沒有真正回家過的人。他表現得像外貌相似的另一個人：率直、好心腸，而且全然陌生。希薇亞早留意到他的頭髮剛被剪成布丁碗的形狀，如果不是那一副酷似上帝的容貌，他可能會被認為是某個寡言、沒規矩的士兵。他屬於她，而且和他相處愈久，他在她生命中的地位就愈形重要。對希薇亞而言，他此刻的率真等同於粗魯。但對這對父母而言，他們對這個闖進家裡的陌生人的任何行為，顯得十分滿意。

印花棉布、煤爐、讓希薇亞看了頭痛的彩色燈罩。她覺得自己甚至比那個固執、沉默、成為他丈夫的男人更遙遠。焦慮開始了，她的臉孔蒼白，伴隨的是一個踉蹌與耳朵充血的一陣轟轟聲響。如果他們兩人單獨在家的話，泰德能引導她消除這些症狀。但在這裡，希薇亞必須向那些仁慈而困惑的臉孔說：「我好想泡在浴缸裡！」

在這裡，一天多麼長啊。廚房裡的時鐘滴答作響，司空餅從烤箱裡送進又送出，泰德父親沉重的腳步聲走過地上的油布氈，來到門邊後又走回去，好像一場未真正開始即被放棄的逃亡。在聚集旋又消散、流動的煙柱中，山峰在自然光中的改變顯得多麼不同啊。屋裡所有的舒適，是一種對抗渺茫無際的荒野的保護裝置嗎？或者，它代表的其實是希薇亞馬上聯想的致死的結核菌、白朗蒂姐妹所居住的教區及墳場，還有殘酷的天氣及在南方絕對看不到的地表？希薇亞跑在那個成為他丈夫的鄉下人後面，被掩蓋在稻穗般尖銳的草叢下凸起的石頭絆倒，踩過比想像中更深的棕色小溪。難道希薇亞害怕孤獨感將來襲，因此向自己捏造出對新公婆的恐懼？她是否感到自己被遺棄了（就像泰德此刻遺棄了她），但事實是這個跨著大步走在他早就習慣的、不友善的土地上的男人，其實只是心不在焉，而不是故意忽視他的妻子？他越快速走過這片土地，希薇亞就越堅決要跟上他，這又是怎麼一回事？

那天下大雨，遠遠望去，整個景色彷彿是一顆巨人的頭倒懸在山峰上，山坡各處匯流而下的雨水是他茂密的毛髮，隱藏著危險的池沼及黑色的斷株就是巨人的滾動的眼睛，先前蔓延著火苗，目前仍冒著熱氣的地方就是巨人的臉頰。今天是令希薇亞永生難忘的一天。稍晚當這個不停發抖、踉踉蹌蹌的奇怪的美國女孩蹣跚地走回屋裡時，泰德的父母都沒想到這兩件事有什麼關連性。今天是泰德殺了那頭鹿的日子。

希薇亞曾試過不要將這個末稍神經的觸動、心跳、思考與夢想都與她契合的男人視為凶手，但現在她才知道，他不可能平靜地穿越這片土地，卻不去計算下一個受害者可能躺在哪裡：那些白嘴鴉、鴿子、兔子及野兔等動物。她看過他舉槍的模樣，就好像那槍柄只是手臂的延伸，在向她指出一個石堆，一個環繞在長滿水藓、綠森森的泥沼中的神話中的石環。但這是一把槍。受傷的鳥落地時令人反胃的重擊聲在夜裡來回地糾纏她，她躺在一個窒悶的房間裡，企圖在飽滿的棉被中尋求保護：泰德殺戮，而且他喜歡殺戮。

那頭鹿，希薇亞在地跌倒之前幾乎看不見它，牠倒在它的幼仔身邊，牠的幼仔隨著槍聲的悶響而四散，進入山上罩著薄霧的巨人洞穴。她瞪視著這隻被屠殺的、優雅美麗的生物，先是感到驚恐，然後覺得一陣噁心。有生以來第一次，她覺得這個與自己結婚的男人既卑劣又可怕。

「我們今晚會有一鍋肉湯。」這個男人說。她看到他的臉因得意泛起紅暈，看起來很饑餓、迫不及待想品嚐這場殺戮的滋味。「如果你喜歡的話，我會教你如何煮出最美味的鹿肉。」

「整件事都好卑鄙。」他看到這個從沒在他面前發過脾氣的女人此刻的憤怒，以及理解她對自己的憤怒：因為她不是一個英國女人，即使她順服，即使她經常因為渴望變得溫順而哭泣。但希薇亞是個美國女人，她會說出自己的想法。「我要回去了——」她從眼前這一幕轉身。泰德的槍就勾在他的手臂上，那頭鹿躲在沼澤地的蘆葦草床下。她邁開大步，毫不遲疑地通過隱藏著諸多危險的荒地，再度轉身後，在毛毛細雨中哭泣吶喊。一陣薄霧遮蓋了他安靜而困惑的身影：「我以後到底該怎麼辦？」

碟仙

一九五七年，劍橋，艾特斯理大道五十五號

你如何得知某人是否愛你？當所有的線索齊全，而且企圖心與靈感俱足，卻偏看不清整個事件的全貌時，你如何找到你的故事？你會不會在二十四歲時擔心自己的人生將不會發生任何事件，而生活就好像一盞從未點亮過的燈繼續下去？

這些問題只有一個答案，而且這個答案來自大氣之外的天空，來自黃泉，來自葉慈和他多產的、精神自覺的妻子喬姬所構築的世界。如果喬姬做得到，那麼希薇亞也做得到：她可以同時是詩人和繆思，她可以接收幾世紀前鬼魂的指示。她會訓練自己成為一個占星家，而且去買一顆水晶球。

泰德對他的妻子了解甚深，他感覺得到她的天分及努力，足以令她在沒有導師及羅盤

的引導下接觸群星。他也知道自己對塔羅牌的天分及超自然力的研究，可以在這方面幫助希薇亞。他對所有超自然的事物持嚴肅的態度，所以希薇亞也很快被他同化了。泰德似乎有一種吸引力，讓所有的巧合與機運自動沾附到他身上。他的魔力泉源究竟從何而來？他就像古代世界的英雄般，再度向世人展現了半神人的存在，而這些超自然的奇妙力量，則來自他出生時諸神慷慨的賜予。如果泰德和他大部分的朋友一樣相信超自然力量的存在（註二），那麼希薇亞也會去研究占星術、星圖以及易經。整個過程中唯一不幸的小插曲，則是他們自己在家中請碟仙時來了一位幽靈訪客，名字真的就叫姜寶（jumbo）。在寒冷、單調的劍橋，在這個狹促的一樓公寓裡，到底誰在愚弄誰？

當希薇亞談到她新近沉迷的興趣時，一點都不介意人們是否嘲笑她或對她乾瞪眼。她像個驕傲的家庭主婦般，為丈夫、學院裡的同事、城裡最嚴格的學院裡的教授準備晚餐，也用同樣的態度向大眾展示她用來進入陰間世界的新玩具。一個擦得閃閃發光的全新的玻璃杯，當它被放在咖啡桌上時，上面還反射出她被扭曲成球根狀的臉。從素描紙上裁下來的英文字母被圍在玻璃杯旁邊。「放在那裡！」，她完成一切準備工作。一瞬間，艾特斯理大道五十五號變成一個咒語與秘儀、問題與答案的實驗室。難怪她與她那位赫克力斯（註三）般的丈夫即使再努力工作，至今卻仍然貧窮，必須與一位來自西格弗瑞桑松

(Siegfried Sassoon)的遠房表親及其女友共用唯一的浴室。(那位表親也一度是希薇亞的愛人。)他們可以凌越自己真實的處境，喚醒死者的熱情。碟仙盤會帶他們進入另一個世界的真實與信念之中。

今夜是個令人不適的夜晚，從沼澤吹來微苦的風，讓希薇亞故土的舒適、富足與榮耀似乎都離得好遠。因為戰爭的影響，英國仍處在荒廢的狀態，食物短缺，奢侈品及任何足以鼓舞靈魂，帶給人們笑容的東西都付之闕如。為了忍受這種缺乏的現狀，「Dinge！」朋友之間常這麼說。「Dinge！」他們說，意思可以是陳舊的水管設施、賣難以下嚥食物的窮酸小餐廳，或者是櫥窗裡那些與流行脫節、年代不詳、顏色黯淡的服裝，看起來像是以死人為模特兒設計出來的鬼東西。

似乎沒有人看見希薇亞為阻止一股到處蔓延的沮喪所做的努力：她自己的沮喪、令人沮喪的氣候，以及那些建築華麗精緻、其實骨子裡只是一座普通象牙塔的學院所帶來的沮喪。有些人視這反扣的玻璃杯旁跳舞的字母為一種對邏輯的反抗，對劍橋執著於中庸及理性主義的心靈的蔑視；另外一些人則單純地認為希薇亞只是腦子不正常而已。奇怪的是，泰德對那些來到艾特斯理大道公寓一樓的鬼魂的斷言相當受用，他的命運與未來的令名早被寫就，而希薇亞則是那個必須忍耐來訪「朋友」的輕蔑與諷刺的人。她掛上那塊磨破的紅色天鵝絨窗帘，以對抗那一陣刺人的、直入室內的冷風，看起來今夜沒有任何客人來訪。

泰德和希薇亞坐在一盞黯淡的燈下，燈光的強度僅足夠看到散落在咖啡桌上的那些大寫的字母，以及球狀杯在快速飛掠後突然停留的地方。他們首先呼叫一個溺水的海員，然後是一個生活在維多利亞中期的老處女姑媽。然後來的是他們最忠實的訪客潘（Pen），比起那些陰鬱的商人、學者及他們住在劍橋的笨拙妻子，他們寧可與這個訪客交談。如果今夜有風在煙囪裡怒吼（並且把可憐的瓦斯燈吹得明滅不定），則他的後繼者也可能會出現，而且這個靈魂將帶來奧圖王子的消息。奧圖王子，這個陰間世界裡皇家的名字，無疑地就是希薇亞十二年前去世的父親。

潘引導著玻璃杯在木頭桌上快速移動，發出沙沙聲，看起來彷彿是一位圓臉而肥胖的褓姆在桌上跳舞般。潘帶來陰間皇家的消息。希薇亞的心縮緊，她躺著，陷入一種迷離幻境，彷彿自己正在一個垂滿成熟葡萄的涼亭下。不管她從何處來，不管她有一天將歸於何處，都絕不會是這個保守、不容異己的劍橋。即使她的寫作事業在此進行順利：碟仙盤帶領她進入文字及詩韻之中，引領出比她自己的意志所寫下的更真實的自己。毫無疑問地，一定有人會說這個與她結婚不滿一載的丈夫，才是那地位崇高的報紙所肯定的詩背後真正的作者，是他的手指在推動著杯子。希薇亞對此已有心裡準備，她不是愚蠢之輩：「當然是我們的潛意識在引導。」她微笑地說。也有人說是人體的熱氣在推動著玻璃杯行進，對此，她只和泰德交換了一抹眼神及笑容。

泰德和希薇亞將遠行美國，去教書，去發掘（對泰德而言）這個可愛、平易近人的國家的風俗。在那裡（泰德這麼想像著），貌似鯊魚鰭的車子閃著光，在街上緩慢地巡弋，而小孩子可以得到他們要求的任何東西。

泰德的身上有些孩子氣的部分，當她看見泰德坐在他們佈置用來代替聖壇的地方時，有時她會這麼想。鏡子裡映照著兩人的未來，顯現的是一隻朝上的杯子和字母卡。他真的認為只要潘或姜寶的保證，他的希望就能如期實現嗎？而且他為什麼如此深刻地思慮著死亡，以及她已逝的父親奧圖所帶來的訊息？一切就好像他已預見自己的名聲，以及她終將進入墳墓的結局。他的受封儀式及所有的讚頌，其後都將尾隨著長久及黑暗的沉默。他似乎要帶引她沉淪，去走一條沒有人可以讀到她的詩、聽到她的名字的路。「妳很有野心。」有一天泰德把她的作品退還給她時微笑著說。冷酷的沮喪瀰漫在這個簡陋、低矮的房間中，並且攫住了她的喉嚨。「你母親的野心遺傳到你身上。你的父親，等一下，他在這裡，聽——」她側著頭，一如往常地被這個迷人的聲音及包藏了嘲諷的溫柔態度所說服。

「他有你的故事，聽他怎麼說。」

但像今天這樣的日子，希薇亞聽不進任何東西。像她這麼聰明的女人，不能想像這個她仍深愛的丈夫可能在他們掘的井裡下毒，並把泉水據為己有，而讓她獨自痛苦地擱淺在這個她難以了解、無法喜愛的國家。當他告訴她他們其中一個必須死去時，他以一道燦爛的笑容，伴隨著這句一針見血的話：「這個世界沒有足夠的空間讓我倆並存。」她感覺到一種憂鬱，一種對死亡的屈服，對她的父親的屈服。（泰德曾說，她愛她的父親更甚於他。）她覺得四肢沉重，渴望獻祭成為犧牲品：泰德是生來征服的，而她連生之慾都被剝奪了。沒有她，他的人生將如此燦爛！她看見他未來將與有頭有臉的大人物往來，而他自己就是殷勤與親切的化身。沒有她，他將有權利與其他金髮女孩一起散步和上床。

他們的手指頭再一次放在球狀玻璃杯上，但聲音不會透過這個杯子傳出來。他們得打包行李，得在橫越海洋的長途旅行前先向劍橋的朋友道別。泰德對這趟旅行心不在焉，即使「奧圖」昨夜才說他們將在茫茫大海中迷失，並且發現自己擱淺在一個生著牡蠣，並且將被漲潮的潮水淹沒的岩石上。（泰德先是對此一笑置之，然後很認真地嘲笑希薇亞這代表她將會和她的父親會合，就像她一直期待的那樣。而且這位死者將會傾盡所有，當作她女兒這場婚姻的賀禮。）「看起來今晚不會有訪客來了，我們到此為止。」泰德邊打呵欠邊說，並從他背後的椅子上拿了母親手織的毛衣穿上。

泰德決定去看他的同伴：「我去和他們講幾句話，大約一個小時後見。」希薇亞安靜地被遺棄在這個明天起就不再是她家的地方。是，她想要名聲！某些日子，她希望自己能成為一本裝幀精美的雜誌中的傳奇故事，對這種雜誌而言，成功的定義來自於羽絨長圍巾、在漢普敦的房子，以及裹在純絲裡曲線玲瓏的腿。另外，她渴望著其他詩人的愛慕，那些她愛慕著的同行：帖奧多．羅斯克（Theodore Roethke）、瑪莉安．莫耳（Marianne Moore），以及她的偶像羅伯特．羅威（Robert Lowell）。但現在她知道自己將永遠得不到名聲了，不管她如何地熱切渴求著，希薇亞知道泰德是對的：某方面而言，希薇亞是受損、不完全的，但泰德則否。她在身上留下死亡傷痕的同時失去了她的純真，而泰德每日以他新寫就的詩向天空朗誦，只受到靈感之火的啟發。希薇亞唯一留傳下來的詩，將是那首關於死去的奧圖從海洋中升起的三節聯韻詩。

對希薇亞和她那位恭候著美洲大陸的丈夫而言，奧圖的預言部分應驗，並未令他們太過驚訝。希薇亞接受命運的安排，讓漂流的船帶他們到科特角外海一個半浮在水面的礁岩上，她對諸神在他們如此年輕時就要取回他們的生命感到溫順與敵意，一種既痛苦又滿足的心情。同時間，泰德卻對游過身旁的美麗魚群驚歎不已。在這個無風的日子，即使在面對死亡的最後一刻，他仍一如往常的堅強、無懼。

他們獲救了。裸露的岩石上沒有牡蠣，他也沒有被當成奧圖．普拉斯在海底地獄裡的午餐。事實上，所有的事情在半天內就結束了。但死亡一直隨處可見，如影隨形，它潛伏在夜間飛翔的昆蟲身上，或是直接就發生在藍色的船和擱淺的乘客身上，就像今天這場幾乎致命的意外事件一般。它樸素而明亮的色彩，猶如一張小孩子的塗鴉。對泰德而言，死亡永遠都在，因此他也將死亡氣息帶給希薇亞。沒有人提醒他，她曾經是那個與死亡如此接近，吞下了整瓶五十顆藥丸的女孩。

註一：作者在此用了「mumbo jumbo」這個俚俗而帶有輕蔑之意的詞，以呼應下段的美寶。
註二：Hercules，希臘神話中的大力士

美洲，一九五七至五九年

伊萊克特拉（註四）

這個母親到底做了什麼錯事，導致她的女兒心中產生復仇的恨意？在多年前的那場災難中，希薇亞曾躲藏的牢籠，至今仍每天在日落時分發出死亡的悲泣，難道那裡沒有寫就對這場罪行的解釋嗎？一個石製的喪鐘，涉及這位背叛的母親，二千五百年的死亡，在一條由一隊蜜蜂所護衛的門楣下發生。沒有人可以給奧瑞莉亞・普拉斯定罪。她甚至沒有一位輕浮的情人，可以被羅織在希薇亞由狂暴與輕蔑所結成的網中。

當她在衛斯理自家後院給這對新婚夫妻送飲料的時候，奧瑞莉亞對希薇亞的想法仍似一無所知。一場婚禮！一場真正的慶祝儀式，以紀念親愛的希薇亞嫁給這位全世界最英俊、最善良的男人。這位沉穩安靜，小有名氣的詩人，是希薇亞經常出現的歇斯底里症狀的完美解藥。母親對泰德的熱烈歡迎，視他為解決希薇亞所有問題的萬靈丹，難道是這種態度令希薇亞害怕嗎？畢竟他是一個男人，而且無疑是一個敏感的男人，是令希薇亞又愛又怕的異性。是因為普拉斯太太馬上看出泰德的優越，而這點就像一把短劍，刺入希薇亞的心中？或者希薇亞，阿垂亞斯家族的女兒，懷著一種亂倫的慾望，對這個她一生中第一位愛的女人（後來並且因父親的去世而由愛生恨）的注視感到戰慄與作嘔？克里頓萊思塔，這位蒙上面紗的凶手，為他們送上點心與冷飲，進行她身為一位聰明的教師所擅長的禮貌與職業性的應對。希薇亞是否懷疑過，這位她帶回美國的丈夫，已經被奧瑞莉亞當作死去的奧圖的代替品？蜜蜂在通往死寂房間的門外嗡嗡低鳴，她的母親在房內，身著紫色長袍與耀眼的金飾，永恆地躺在她那座無法偷盜的墳墓中。一隻手從墳墓中伸出，希薇亞的新婚夫婿走入墳內，躺在她的身邊，伴隨著蜂鳴，兩個人同時露齒而笑。

希薇亞將在史密斯學院教書，同時她將寫作，並且將瞥見金髮女孩們穿著百慕達短褲，頭頂著佩姬男孩髮式（pageboy，一種向內捲的短髮），和泰德一道散步。但相同的髮式，卻讓希薇亞看起來像一個蠢笨熱心的女侍，像樹的嫩枝般純潔無知，極力迎合宮中其他侍從，焦慮地想得到認同。而那和泰德在一起的女孩們，她們晃動的頭髮多麼迷人啊！希薇亞誤入皇宮，泰德和奧瑞莉亞，國王與皇后，在裡面合演一齣古老的悲劇。她的丈夫，那個她每日必須看見、觸摸上百回，藉此確認自己的存在，回歸自己天性的人，對她的哈姆雷特而言，他是克勞狄亞斯，是謀殺了真正國王的凶手（註五）。

事實上，史密斯學院才是真正的禁宮，神經緊繃的希薇亞在其中也必須設法保持鎮靜。通奸是英國文學部上演的戲中戲的主題，系主任先後娶了幾位就讀於史密斯學院的女孩（很自然地一個接著一個）。希薇亞常在晚上夢見複數的死亡婚禮，女孩們扮成新娘的盛裝之下，卻是一些殘廢不全的屍體。而泰德被金髮佩姬頭的女孩們布下的餌攫住，正在一個半像墳墓半像祭壇的地方宣誓。

除非離開這裡去看奧圖，否則這個病態的幻想將會越來越嚴重。為什麼奧瑞莉亞看不到這一點？一種偏執狂的壓抑開始緊扼住希薇亞的咽喉，她想像自己的丈夫和母親設計了一個致命的計畫，共謀要逼她發瘋。在她那些漫長而失眠的夜裡，希薇亞走在她的刑房中，想像著她那已經為了女兒奉獻一切的母親，以及給了妻子所有的照顧和關心，並且是她的詩與瘋狂唯一的見證的丈夫，正不安好心地準備他們的刑具。燒得又紅又熱的針將刺入她的眼中。美麗的陌生人僅以一個優雅舞蹈的動作，就將她的一條手臂應聲折斷。她知道，那些愛著她的人，也正是渴望想傷害她的人。

但這位所有孤獨母親的理想女婿，這位鎮靜而踏實的男人到底是誰？當他領著一位敏感的年輕女孩去發掘她父親已埋葬的往事時，他到底在打什麼主意？難道他不是已經肯定自己對這位逝者的女兒，早具有絕對的支配能力？協助催眠的金鍊在她眼前晃動，她的眼珠在他們諾森普頓小而陰沉的公寓裡來回逡巡，指揮著詩與惡夢的進行。深呼吸！她將一口氣吸入肺中，這口長氣將帶她回到童年，回到無人的海灘及競湧的潮水中，回到她為弟弟的出生及奧圖之死而痛不欲生的時刻。他告訴她，這是通往她的人格及意識核心的路。深呼吸！但希薇亞在這裡找不到起點，只有一種迷失的感覺，令她忍不住請求他停止這次的催眠。那道小徑直直通往杜鵑大道，不會帶她到任何地方——一個全世界最少被造訪，卻是最重要的墳場。

在希薇亞的眼中，泰德是她夢想中的男人，他從過度擁擠的墓園爬出來取代奧圖王子的地位，成為她母親的丈夫，她自己失去的父親。但奧瑞莉亞對希薇亞這些瘋狂的想法一無所知，也不懂塔羅牌或那本關於巫術的書——有一次在野餐時她翻了一下，但泰德很快地把書從她手中奪回，希薇亞則像被附身似地瞪著他。她那令人愛慕的新女婿，一位正常、神智健全、前途光明的男人，怎麼可能會和這些不名譽的東西扯在一起？奧瑞莉亞轉開了她的視線，刻意不再去想這個奇怪的小插曲。這位從井然有序的劍橋越過大西洋而來的男人（依據希薇亞所寫關於艾蜜莉．白朗蒂（註六）的信以及她自己在渥斯瑞高原

（Wuthering）的經驗描述，奧瑞莉亞無法認為泰德是來自約克夏荒原的男人，她知道，只有劍橋才是泰德真正的原鄉），這個踏實和安靜的典範，能否肯定自己絕不會陷入那些來自中世紀地獄的邪神及惡魔的掌控？

但泰德已經在祂們的掌控之下，而且還把希薇亞也拉了進來。一個完美的丈夫，帶領她來到杜鵑花大道上奧圖被埋葬之處。

奧圖的墳上鋪著粉紅大理石板，上面插著一朵希薇亞宣稱是從死去父親的肚臍眼上長出來的塑膠花。當泰德陪著太太去上墳時，他的心中做何感想？這個奇特的女人，從她第一次在母親屋子下那個儲存煤渣的地下室試圖自殺後，她就一直住在冥府裡，一半的時間依據自己的意願，生活在沮喪與絕望的冬天裡，另一半的時間則處在歡樂、自得、滿足的夏天中——他如何安慰這個女人？他告訴過那些對他們的共生關係質疑的人，他能察覺飛掠希薇亞腦中的每個想法，不管那些想法最終究竟是被無足輕重地拋棄，或是讓她靈光一閃，加入其他的想法及字句，進行完美的連結。他們彼此可以感受到對方的思想，甚至不需要交換任何具體的語言或訊息。但他們快樂嗎？人們問道。今天，當他看著她在這片不起眼的碎石地上哭得肝腸寸斷，想必也會懷疑他們是否快樂，以及他們將來是否能有快樂的一天吧。

即使希薇亞被指責為天性唯我、自我中心，但相較於泰德，希薇亞仍更關心現實世界所發生的事情。希薇亞對美國南方阿肯色州地區小學的種族歧視燃起怒火，利用巴士進行抗爭活動，支持黑人小孩在學校中應得到無差別待遇。希薇亞反對所有艾森豪的政策，而且要求她的母親（艾森豪曾有一次嚴重的心臟病發作）如果總統辭世，不要繼續把票投給尼克森。她以一種冰冷、不帶情感的態度看待美國：帝國主義勢力介入入侵黎巴嫩的行動，以及蔣介石即將在中國帶來戰爭的威脅；駱馬毛絨外套收賄醜聞（這件禮物被艾森豪的參謀長當作賄賂品收下），這些都是希薇亞抨擊的目標。除非她身邊的人也都起來關心這些事情，否則希薇亞知道自己是孤單的。但泰德或奧瑞莉亞卻從不對這些現狀表達任何一點不滿。希薇亞與對她所屬的這片土地上所發生的種種事情的憤怒，對這個全世界最強大的國家的憤怒，可以被——而且也常常被——視為一種普通的憂鬱症，折磨著這位可憐的、才華洋溢的女孩。簡而言之，當希薇亞憤怒時，她被視為是瘋狂的。

沒錯，事實上她真的相當熱衷於自己的想法，而這可能和她質疑泰德對美國的印象有關。或者也許她只是怕他耽溺於電影中有關美國的影像，或傳誦全國的詩歌之中。百萬條公路與鐵路縱橫交錯在這巨大的土地上，就像化石上的紋路與刻痕，這種全然的自由，讓泰德像小孩般著迷。「在這個國家，」他興致高昂地說，「你可以永遠地旅行下去，而且沒有人會知道你究竟身在何處。」希薇亞害怕地看著他，然後又轉開她的視線。她感覺到泰德越來越想去探索未知之地：去和佩姬頭的女孩們碰面，而且沒有人能猜到他可能身在何處。

憤怒

這是一個關於一個玫瑰花苞與一樹玫瑰花蕾的故事；關於公園裡一次薄暮中的散步及憤怒的故事。希薇亞因三位從石南花叢出現的女孩而憤怒，她們的手中得意洋洋地握著一把石南花。為什麼——她先是在她的日記中自問，然後把這個疑問寫在詩中——如果她和泰德可以每隔幾天從兒童公園偷摘一朵玫瑰花插在葡萄酒杯中，讓他們每天早上能夠在芬芳的氣息中醒來，為什麼這些女孩不應該去摘一些花呢？

她對自己的憤怒感到恐懼：她想殺了她們。但這些女孩，比她年輕，比她快樂，比她擁有更純真的快樂及野心的女孩們，已經無知地褻瀆了神聖的土地。石南花下面什麼都長不出來，喜馬拉雅杉的根毒死了鄰近的植物，造成了一大片連草都長不出來的荒瘠土地。

連動物也無法在此生存。威嚴的、優雅的石南花殺死一切其他植物，而唯一能夠生長在石南花鄰近地區的只有杜鵑花。

天堂噴泉

希薇亞教書；泰德致力於讓他註定要得到的名氣慢慢發光發熱。古代羅馬雙面神傑努斯的臉就停在他的肩膀上：他知道自己現在流傳在外的好名聲，但已開始懷疑總有一天，他邪惡的那一面也將轉過頭來面對世界。他揮霍他的天分：零碎的紙片從他的書桌上跌落，與他所遺棄的文字一同焚燬；而他對文學的嗜好是賴伯萊式的（註七）。當他進食，他吃得像巨人；當他牛飲葡萄酒，他活像莎劇中的法士塔夫（註八）。希薇亞神經緊繃地看著這一切，擔憂著金錢流出去的速度。但同，她的丈夫也以相同的速度向世界輸出他的幸運與名聲，他的詩開始變得和這個叫「泰德．休斯」的男人一樣著名，這個男人的成就超越了她當教師的太太，大步地逡巡在史密斯學院及北山普頓的省境內，就像一頭從一個二流動物園的無聊與壓迫之中逃出來的雄獅。

現在，這個夫婦二人組成的團隊——這個團隊正逐漸變成丈夫個人秀——將到波士頓去參加一個家庭派對。他們將在今年最後一個學期結束後搬到那裡去。他們兩人都渴望可以在那裡遇到真正的名詩人，就像他們曾在比肯山（Beacon hill）曾見到，並一起共進晚餐的那樣。羅伯特．羅威，希薇亞仰慕的詩人，在哈佛有一個詩的朗誦會。這個周末泰德也會在那裡讀他的詩，給那些越來越多視他為詩壇最有潛力的詩人的知音聽。希薇亞對此深感不豫，彷彿可以聽到他從幾哩之外傳來的朗誦聲。她替他打字的詩，她送到郵局去郵寄的詩，她從那位她每天服侍的男人的筆救下來的詩！對她而言，詩的意義，就等同於這些瑣事而已。當他的聲音傳出，人們喝采，但她看到的只是一隻碗裡的肥皂泡沫及一台吸塵器，在令人虛弱的一天終了時，吐出他所製造的垃圾。什麼她不能寫？當她這麼想時，她卻寫不出任何東西。她責備自己，就像所有的作家都會做的事一樣，她卻只看到唯一一個成功作家的雕像——只有泰德。這個沉默寡言，無法理解的石像，一個她深愛但越來越責怪、責怪、責怪的男人。

一個小孩將會改變一切。但希薇亞苦悶地覺得，她心存寄望的每件事，最後都會成空。她不孕！當然她一定是不孕的，月亮月復一月地將她體內掏空。泰德則是多產的那一個，吐出他的子嗣，他們全部在一場競賽中互相搏鬥，一個挨著一個拼命向外擠，爭先恐後要逃離她的子宮。他整個人被封在一層來自太初的塵埃之中，是希薇亞幫他清洗得閃閃發亮，嚴責他不潔的指甲與又長又軟、缺乏清洗的頭髮。每一天泰德出現在狹促的前廳（那裡有她收拾得整整齊齊的書桌），昂揚的神態，猶如一位已有多次生產經驗的女人。

伴隨著那種空虛的感受，希薇亞的心每天和生活中的瑣事及泰德的各種提議爭鬥。在希薇亞所創造的安適環境之下，泰德的自我愈來愈高張。她的心中聽到他們婚姻的喪鐘：不忠、背叛、謊言。為什麼泰德會以那種不帶表情的態度，告訴她今晚他的朋友保羅・路許在史密斯學院所辦的伊底帕斯（註九）英譯的朗誦會，他不希望她到場？他寧可她別去，就是這樣。是因為一場口角令泰德反對她出席？還是上回在哈佛的那次朗誦會上，她沒有大力誇讚他，而且稍後當其他詩人圍攏來恭賀這位他們當中的新成員時，難道她沒有站得直挺挺的，彷彿一個著迷的孩子？希薇亞沒有以馬鈴薯泥和鴨胸肉款待那些教授們，並以蛋奶酥當甜點，款待奧莉微・席根・普樂堤（Olive Higgins Prouty）？難道她不是一個完美的妻子嗎？在人生的種種可能中，婦道難道不是最成熟及最好的選擇嗎？

但泰德的態度斬釘截鐵：他不要希薇亞到史密斯來。那一晚他將讀克瑞昂的台詞。朗誦會結束後，他會直接回家，這一點她可以放心，他會，他一定會。

整個晚上，希薇亞和她自以為是從遠古世界傳來的神祕訊息搏鬥著。她夢見自己是一個被留在山中的棄兒，一個無父的人，一個被救起來的伊底帕斯，後來在十字路口遇到那個男人，她／他的父親，被她／他所殺害的人。

是否泰德單純地只是避免她在聆聽這場朗誦會時會感到痛苦，怕她聽到故事中那位弒父者悲慘的命運時，會令她聯想到她以愛謀殺了奧圖？

泰德希望可以救她。身為克瑞昂，她必須將伊底帕斯、萊烏斯國王之女，許配給約卡斯達。希薇亞在床上汗流浹背、氣喘吁吁，身旁是她那直挺挺地躺著的丈夫。她半夢半醒，依稀記得自己對身上香氣陣陣的約卡斯達／奧瑞莉亞的憎惡，那應該是她的配偶，提比斯城的皇后。

早晨醒來後一切如舊，泰德拒絕解釋或讓步，而希薇亞又開始變得孩子氣——任何涉及她的丈夫，並且投射到她的母親的事，都讓她變得像小孩子一樣狡猾、口是心非且可悲。希薇亞會找到辦法混入今晚的會場，她得替那些晚上的失眠找到答案。

但這個夜晚卻因希薇亞無預警地出現在觀眾席上而搞砸了。她看到克瑞昂國王，她親愛的泰德，盡他所能以全部的力量及堅定朗誦了一分鐘，當他瞥見她在後排聆聽時，他的聲音先是變得奇怪而心虛，然後整個安靜下來。觀眾開始不安地咳嗽起來。

希薇亞感到彷彿有一隻焦慮鳥停在她的肩上，爪子深深地嵌入她的肉中。這個陌生人、這個國王，他現在不過是一個冒牌貨，一個微不足道、等人來帶他走的小偷。她實在無法理解這個野心勃勃、吹著口哨的男人，為什麼會在麥克風前表現如此失常。

然後她看到坐在第一排的女孩。當然是一個金髮佩吉頭的女孩。她在座位上傾身向前，熱烈而豐潤的臉（希薇亞激憤地想：泰德會稱此為圓臉）仰得高高地向他微笑，就好像一朵朝著太陽開放的鮮花。

這種事不能夠再度發生。希薇亞為了控制自己而發抖。她想到世界上所有正在發生的壞事，那些戰爭和虐待，曾讓她發誓她絕不會將小孩誕生在這個邪惡的世界。她想到父親的死，以及母親勇敢的奮鬥——這些都是重要的、關係世界毀滅的大事，而她居然在這裡，在意一個佩吉頭的金髮女郎坐在伊底帕斯朗誦會的前排。眼前所發生事情如此幼稚而悲哀，逼使她必需採取這種嚴格而直接的手段來懲罰自己，以確定自己將永不再因此類瑣事而受罪。

但一切都徒勞無功。不論希薇亞如何努力自制，回家的路上她那緊縮、過度加重的聲音及刻意轉開的臉，仍表現了她的怒氣。「沒有人聽得見你。」這是她向丈夫說的唯一一句話。直至他們終於到家為止，他一直維持一付古怪、受折磨的表情。當她聽到他再度離家走入夜色之中，她第一次覺得鬆了一大口氣。

是離開史密斯的時候了。希薇亞和泰德約好在她最後一堂課前與課後在天堂噴泉碰面，慶祝她渴望已久的波士頓時刻。在那裡，那個和她結婚的天才將會感激他那「幾乎與他一樣耀眼」的妻子，並在所有他們即將遇到的名詩人及作家面前，表達他對她的愛意。慶祝會一定已經安排好了，以感謝希薇亞在學院裡努力工作賺錢，讓她在教書時，他能無後顧之憂地專心寫作。

事實是，希薇亞很難理解這個英俊的男人（沒有人會把他人錯認成泰德）可能被看到和另一個女孩公開地走在那裡。他忘了第一個約會。而現在，他在天堂噴泉和另外一個女孩一道，希薇亞可以發誓她就是那個佩姬頭的主人，那個在伊底帕斯朗誦會上從別人的聚光燈借來光榮，藉以閃耀自己的女孩。她看起來很快樂地仰望著他。她的百慕達短褲呈現熱帶夕陽一樣的粉紅色，她的胸部從那件腰部打結的藍上衣裡往外凸出。她多麼仰慕他啊！而他，他多麼喜歡被仰慕啊。今晚的情況和上回不同，他們的爭吵一直持續到深夜。

「你就像你母親的翻版，」泰德開始發難，他知道這句話絕對會讓希薇亞大為光火：當她看到他和另一個女孩一道時所引發的恐懼和妒意，她難道不是聯想到母親因奧圖過世而忍受的被遺棄之苦嗎？

「你怎麼敢說這種話？」這句話來自希薇亞，伴隨的是她踢過來的一腳，她的手突然抓上這張最近曾展露出滿足笑容的臉。「我恨你。」這些與憎恨有關的陳述，每次都會引得她的眼淚狂瀉而下。話題再一次關於她的母親，關於她在認同與成功的祭壇前所表演的那些可厭的犧牲戲碼。她擦掉眼淚，繼續爭吵下去。金錢在這場爭吵中一定曾被認真地談及：他們兩個人誰應將寫作視為生活中的第二順位，轉而支持另一位作家？不是泰德，絕對不可能。當教書這件事再一次被推到她身上，以便繼續賺錢維持兩人的生活時，希薇亞看到一個無望的手勢。兩個人都知道，這場爭執除了贏之外別無他法。

但……她不是嫁了一個可以與她平起平坐、相提並論的男人嗎？一旦她寫了讓她出名的詩以及讓她致富的轟動小說後，她不是想要一個小孩嗎？離開史密斯這個瀰漫著通姦氣息的地方，離開這一群好色的教授以及佩姬頭的金髮女郎們，他們將可專心於工作與成名。他們會替自己找到那個奧瑞莉亞希望他們獲得的成功。

註四：Electra，希臘悲劇作家莎孚克里斯（Sophocles）同名劇作中的女主角，本劇取材於阿垂亞斯（Atreus）王族的故事，伊萊克特拉是米塞那（Mycenae）王國阿加曼農（Agamemnon）國王的女兒，阿加曼農國王因為特洛依戰爭而遠行，其間皇后克里頓萊思塔（Clytemnestra）卻私通國王的堂弟伊吉斯塔斯（Aegisthus），並在國王凱旋回朝之後合謀殺了他。伊萊克特拉深愛她的父親，後說服其弟奧瑞斯特斯（Orestes）殺了母親及其情夫以報父仇。

註五：哈姆雷特是莎翁名劇之一，描述丹麥國王突然暴斃，皇后馬上下嫁國王的弟弟克勞狄亞斯，並由他即位。王子哈姆雷特懷疑叔父是真正的殺父仇人，在宮廷中裝瘋伺機報仇，最後終於一劍刺死叔父，但自己也因身中毒劍而死。

註六：Emily Bronte，十九世紀英國小說家，以《咆哮山莊》（Wuthering Heights，1847）著名。

註七：Francois Rabelais，法國諷刺作家。

註八：Falstaff，莎劇中一個肥胖、機智、愛吹牛的騎士，

註九：伊底帕斯（Oedipus），古希臘偉大劇作家莎孚克里斯的名劇，以倒敘的手法描述一位棄兒伊底帕斯因立功而被擁立為堤比斯王，然後城中發生瘟疫，先知指出，其實為殺害已故國王萊烏斯之真凶未明所引起。伊底帕斯王為解人民疾苦，並欲了解自己的身世，結果在追查的過程中，發現自己原是萊烏斯之子，在一場爭執中誤殺其父，復娶其母約卡斯達為妻。真相大白之際，王后上吊自殺，伊底帕斯王擁立國舅克瑞昂為新王，之後刺瞎自己的雙眼，求新王將自己流放山野之間。

一首詩的對立面

一九五九年，波士頓

現在是四月，這個城市仍籠罩在上一個漫長寒冷的冬天之中，當愛爾蘭女傭從房裡走到寬敞的街道上，她們的鼻子就在這個寒冷的空氣中變得紅通通的。

這是一個雙重性與對立性並存的地方：老艾耳德利希太太從橡木樓梯上走下來，進到她又大又陰暗的用餐室，以一種祕密分贓者的姿態，從一個放滿瓷器與亞麻製品的碗櫃裡拿了一瓶白蘭地。而羅伯特．羅威，他的身高鶴立雞群，慈眉善目像個和藹可親的傳教士，一年有一半的時間扮演善良的吉柯博士，另外六個月他則是殘暴邪惡的海德先生（註十）的化身。波士頓是一個混亂、失序、令人難以親近的城市。在這個諸事不確定的月份裡，麗池飯店（Ritz）越來越常看到希薇亞與她的新朋友安（Ann），一道坐在擦得光可鑑人的圓桌邊。她們談到對立性。似乎有某種東西被切成兩半，就如同這兩位熱心於羅威的文學課程的學生所同意的，這個東西與波士頓相關，也與她們的過去相關。希薇亞的生命因為嫁給一個英國男人而被撕成兩半，而即使她現在是英國人，另一半的她仍永恆地留在美國土地上。安．沙克司頓（Ann Saxton）是一個詩人，但她卻是希薇亞的對立面，因為安有小孩、怒氣與家庭，這些都和她熱烈期待創作，並逐漸在此領域獲得成功有關。相較之下，希薇亞只是泰德的妻子，並且「也寫點東西」。每個月定期從體內湧出的血令她沮喪，希薇亞想當母親，想感受那種她仍深信是痛苦的反面的東西：「愛」。

今天她們談到（不是第一次了）她們生命中自殺的經驗。希薇亞的經驗其實是一種對於她所渴望的懷孕的拙劣模仿；一種爬回母親子宮的熱望。她談到自己長時間在地下室、服了藥、半死不活，然後被發現，被使勁搖回這個世界。至於安，她搖著一隻細長、專制，戴著紅寶石鑲鑽戒指的手，先向侍者多點了一杯飲料，一邊說著，噢，我總是使用Nembutal，有名的自殺藥。然後她們笑了，這兩位女性的半神人，她們竟敢在波士頓依從良師羅威的指示行動，而且還洩露了祕密。

史汀格（Stinger，一種加白蘭地的雞尾酒）送來了。上星期是馬丁尼（一種以琴酒為基酒調出的雞尾酒），但安喜歡改變主意：「我們會喝醉的，我們這次試試史汀格吧。」其實希薇亞喜歡琴酒，她惦記著送到她面前的那一小泓圓椎狀的湖泊，一顆小洋蔥就像一顆珍珠般躺在杯底深處。而且如果你在麗池酒吧的水牆邊仔細盯著你的琴酒杯，連湖底雜草的模樣似乎都清晰可見。就像安一貫的蠻橫作風般，她退回希薇亞的史汀格，要求以大杯馬丁尼代替。不論她們互相向對方證明了兩人有多麼不同，至少她們都同意一件重要的事：當她們來此小酌，免費的洋芋片是讓她們覺得快樂的前提。而自殺畢竟是一首詩的反面。當然它是。

詩與自殺，這兩者的誘惑都是強烈的，特別當那位她們最崇敬的詩人，每回當他狂躁的症狀發作時，他竟完全變了一個人，每晚睡在他手臂上的金髮兒都不同，從異性戀的教授到性變態的花花公子都在其中。她們覺得他的行為就是一種對死亡的召喚，但這個召喚被彈回，就像納西斯（Narcissus）的召喚，只得到空洞的回聲一般。她們恐懼詩將帶給她們的分裂，她們體內高辛烷的副腎素首先將她們遠遠地帶離愛她們的人身邊，然後彷彿在懲罰她們遺棄自己生命中美好的一面般，副腎素完全放棄她們，留下她們孤獨跋行，準備受死。她們其實在刀鋒邊緣，在她們見面的那個貼金箔、紅色絲絨與奶油色澤的孤島上。

希薇亞想談她對泰德忠誠的懷疑：當然他和眾多女學生調情，但他是如此英俊而且強壯，為什麼他不應該這麼做？但她沒有和安談起這些。她已經聽說過上百次，當琴酒讓女人變得失去戒心的時候，男人是個太危險的話題。但她的夢裡仍然充滿他離她而去的情節，在某一個夢中，他跪在她面前，坦承他已經愛上其他女人。其他的夢中，她也曾瞥見那位他宣稱應該和他在一起的女人：深膚色、黑眼珠以及吉普賽或拜占庭聖母式的美貌。她的反面，她的受害者及掠奪著。但她得承認，她在這一帶還沒見過這一型的女人。

「請再給我們一點洋芋片！」安搖了搖桌上空了的陶碗。時間不早了，一個幾乎不認識的男人看到她們，正朝向她們的桌子走過來。馬丁尼開始在希薇亞體內發作，她變得暴躁而不滿。在這張擦得光可鑑人的桌子的表面，她看到自己無表情的臉向下看著自己的倒影。她恨她看到的東西，她恨她自己。而且她最恨的是她頭上的馬尾，正在她那張膨鬆而滿頭大汗的黯淡倒影上搖晃個不停。「我總有一天會去弄個佩姬頭，就像我以往的那種髮型。」當安正招呼著這個兩人都不熟識的男人時，希薇亞對她的朋友說。「我得寫一首關於我的真實處境的詩。」當那個男人被派去吧台拿洋芋片時，希薇亞說。「這首詩的背後，是偉大的諸神所操控的，鮮血、慾望與死亡的悲劇。」

「希薇亞，要我替你再叫一杯馬丁尼嗎？」那個男人走過時問道。

「我們剛才正在談對立性，」安告訴他，然後她笑了，點了一根煙。「是的——而且還有血腥與慾望，以及我們自己的死亡。」

一九六〇年，北大西洋

慢，慢，快快，慢。艾西亞．古德曼躺在她的床上，看著外面粗暴的灰色海洋，邊聽著留聲機裡的狐步、探戈及華爾滋舞曲。現年三十二歲的她，其美貌令感性的人聯想到音樂，不感性的人聯想到麻煩。狐步是她特殊的愛好：她在台拉維夫的英國軍官俱樂部學會這種舞步，當時她才十五歲。她的父親古德曼醫生目前是在多倫多開業的著名整型外科醫生。當艾西亞與約翰．史提勒移居多倫多時，古德曼醫生與他的家人也透過他們取得加拿大簽證。古德曼醫生不喜歡艾西亞的姐姐西莉亞，他寧可將自己的家庭連根拔起，搬到她鍾愛的女兒家附近。對古德曼家族而言，絕不留戀過去是一種生存的基本原則，對迷人的艾西亞而言，這句話同樣適用。艾西亞目前正由她的第三任丈夫大衛陪伴，進行一趟從加拿大到英國的重要旅程。（第一任丈夫約翰很快就被她甩了。第二任丈夫理查是個學者，她把他留在溫哥華。而現在艾西亞找到第三任丈夫，一個願意陪伴她渡海回到倫敦定居的男人。）艾西亞在那裡將會遇到什麼？身為一個溫哥華大學英國文學系的學生，她在台拉維夫已經花了夠長的時間與英國軍官廝混，而她定居在加拿大的那段婚姻，也幫助她說得一口英國腔的英語，並且能完美地駕馭這個語言。但其實她的口音只是一種上流社會拙劣的模仿，足以引領可愛的威比勒太太進入王橋（Kingsbridge）的公寓，卻不足以引領她去叩詩人圈子或知識分子社群的大門。對此，艾西亞當然仍一無所覺。

當輪船帶她航向多恩（註十一）與莎士比亞的國度時，艾西亞半夢半醒地躺著。她聽著狐步，回憶起她那條絲裙，如何因她著高跟鞋跳這種慢—慢—快快—慢的舞步而興奮，在纖維摩擦的嘶嘶聲中張揚起來！其他習舞的人看著艾西亞熟練而優雅的舞姿，眼中閃現的妒嫉之色，也讓艾西亞樂不可支。回想著那些純真的日子，艾西亞微笑了。然後，當聽到她的丈夫溫柔地敲著艙房的門時，艾西亞皺起眉頭，彎下腰撿起先前從睡舖滑落的詩集，是泰德．休斯的《雨中鷹》（Hawk in the Rain），大衛．威比勒（David Wevill）被這位新崛起的年輕詩人迷住了。艾西亞寫詩，她相信在她的詩中，隱藏了與自己真正天性有關的秘密。但就像她的美貌一樣，這些詩黯淡又悲傷。艾西亞和她的加拿大籍丈夫都希望，他們一旦在倫敦市安頓下來，能有機會認識一些詩人們——如果可能的話，他們尤其想見見泰德．休斯。

夜幕低沉，船隻破浪而行。灰色的海浪發出熠熠磷光，看起來就像多年前她那條滴溜溜地轉動的收腰圓裙。當年艾西亞和她的舞蹈老師盧德小姐一道，經常以最後的一首卻爾斯登舞曲或一陣搖滾爵士樂，趕跑跳舞室其他跳舞的人。船隻行進的韻律，讓那些左搖右晃的乘客看起來都像在跳舞；棋盤上有些棋子跌落到地上，侍者托盤上的長頸玻璃杯也在微微顫動著。當海浪逐漸變得凶猛，那個年輕、神秘、美麗，並且野心勃勃、渴望成功成名的女人，以及她穿上三件式西裝的加拿大籍夫婿，正在一個無人的雞尾酒室中。其他乘客知道她在船上，那位「他者」，塔羅牌玩家眼中的吉普賽女郎，如惡運般越水而過，是瘟疫與惡魔的象徵。因此，除了聽音樂和看她跳舞之外，他們還有什麼更好的事可以做？

在薩拉托加雅斗藝術節（Yaddo, Saratoga springs）的作家聚集區，十月已是遍地紅葉的月份。希薇亞於此時得知自己將有一個小孩。在一種人工的靜寂中，在紐約州北部的公園與房子所營造的「創造性的氣氛」中，新生命的孕育持續著。詩，馴服於變化的韻律與渴求之中，在它們的創造者的血管中奔騰與憩息，終於能更清楚地表達她自己。

漫長的夏天遍歷整個美國，雅斗藝術節之後，休斯夫婦重回英國去。但情況看起來不只像是一場「回歸」，因為每一件事都不同了。希薇亞的詩越來越好，小孩子也長得相當漂亮。除了找到適合定居的公寓仍是問題之外，倫敦的每件事都順利地進行著。

這個完美的幻像沒能持續太久，希薇亞正在「難纏女人」的年紀，而她也很快被泰德的朋友歸入這個族類。她因為拒絕狄多・梅爾溫（Dido Merwin）贈送的廉價床組與沙發而被視為難纏：她可不想逛跳蚤市場買便宜貨，然後在照顧小孩時覺得腰酸背痛，但這居然也被解釋成難纏。她不要她丈夫的姐姐歐文（Olwyn）搬來他們位於查科特（Chalcot）廣場的小公寓同住，以免她的工作受打擾，而且本來已經狹促的住所將顯得更窘迫。她逼丈夫空出書房，搬到公寓的玄關去寫作。一些朋友，如她在劍橋的同學拜亞特（A. S. Byatt）所言：「令人不愉快的女人」。希薇亞被歸類為難纏的女人，幾乎沒有人向她展現一點溫情。英國人就像他們的水管工程一樣複雜、難以看透，讓可憐的希薇亞幾乎發狂。

身為一位詩人與繆斯、母親與家庭主婦，她的日常生活中怎麼可能接納一個野生動物作禮物？泰德怎麼可以為地鐵站內賣狐狸幼仔的小販所惑，明知道希薇亞可能的反應，還把這個小生物帶回家，卻又反過來責備這個日漸走下坡的婚姻？

但這些他全都做了。他的襯衫必須洗淨熨平，而嬰兒所吃的食物也都由希薇亞煮軟弄碎（這裡所有的食物都必須有益健康，確實做到完美。）他的詩必須打好字。（裝信封，貼郵票，以沉重的步伐走長路到郵局，在這個又冷又濕的天氣裡加入倫敦隨處可見的長龍。怒氣沖沖的孩童，以及他們的母親裝模作樣地做出一副苦惱的表情，這是排隊的倫敦人最喜歡的把戲，但希薇亞實在難以忍受。）

他的餐點必須煮好，而且份量得足夠讓他招待一或兩個朋友。但如果他們太晚從酒吧回來，希薇亞就會開始找麻煩。

希薇亞發現，她做的那麼多事都被視為找麻煩。當她與泰德在法國短期居留時，為什麼她甚至因為擅自開了房東太太的冰箱而被責怪？這個勇敢的新婦在敵意與非難中開始逐漸變得畏縮及衰老，有時候她會想：如果她不在了，事情會不會變得順利一點？

但一如往常地，她在信上只向母親描述自己的快樂。就某方面而言，她確實是快樂的：她愛她的女兒，她找到寫作的精力以及能量。而且就像回應她的祈禱般，她即將擁有自由的空間、隱私及田園生活的滿足。懷了第二胎之後，這對夫妻開始去遠離倫敦的西鄉（West Country）找房子。

英國的宗教對全世界唯一的貢獻，就是異教的巫術。他們在德汶（Devon）看到那棟房子時，馬上知道這就是他們夢寐以求的地方。那棟房子很舊了，屋頂修葺過，屋旁有一個以水仙及喇叭水仙聞名的院子，及一道史前砌的圍牆和牆內的一棵紫杉樹。最重要的是，它有一個可以眺望教堂與果園的漂亮房間。「這個房間很適合當我的書房！」希薇亞愉快地大叫，對未來充滿信心。但是，他們過了很久才發現，原來自己搬進了一個咒語與詛術的圈中，一個「邪惡的運氣」及鬼魂出沒的地方，一個恐怖片中外觀看似正常的鬼屋，將負責帶領他們走向毀滅。當他們推開門走進去時，他們甚至可能已經預見了這個結果。但他們已經將查科特廣場的公寓轉租給威比勒夫婦，他來自加拿大，而她則有一對由俄國人與德國人組成的雙親，以及一段在柏林的童年時光和台拉維夫的成長記憶。

公寓

對泰德而言，一張桌子是一塊會移動的神奇木板，每當作家把身體倚在那片堅固的暗色木頭上，他會直接跌入一個想像世界裡，一個眼花撩亂、憂鬱的、深不可測的世界。或者跌入一個——以他看到希薇亞的情況而言——地下墓室之中，在那裡奧圖微笑著，即使已長久深埋於地下，卻仍擁有一隻穿透人心的藍眼睛。

桌子也是休斯夫婦的所有物，他們在地區報紙上為它登了一個求售廣告，但只有兩個人來看。「我們一搬到德汶，馬上會再做一張新的。」這對夫妻走進屋裡時，桌子的主人宣稱。泰德的手摩逡著他與希薇亞的詩出生、修改，而且最終滑下木頭，得到自己的生命的地方。「試試看。」他盯著那個男人，他也是一位詩人，正因為遇到已經成名的泰德．

休斯而緊張。她的眼睛避看泰德的妻子，因此兩個女人互相看了一眼，然後轉開視線。

「我們是為了公寓而來。」美麗的女人說。泰德終於看著她，她的黑頭髮讓他聯想到一匹奔馳在蒙古大草原上的野馬。她的皮膚光亮，帶了一些紅色的雀斑，使她看起來像是沐浴在黃金雨中被捉住的黛安娜（Danae，神話中的月亮女神）。「但我們也會買這張桌子。」然後她笑了。

她的丈夫並不在意還未出名的希薇亞。她看起來就像一個普通的家庭主婦，緊張兮兮地繞著桌子移動，好像要保護及擦亮它，完全無法聯想到她曾在桌上的一疊活頁紙裡寫下文字、刪去、重組，然後再一次地打亂，拋進一個由所有可能性組成的基因池中。接下來是一場混亂的解釋——兩個廣告被登在不同的版面上，造成這個誤會，所幸問題已經解決了。這張桌子與這層公寓開始變成這兩對夫妻未來互相交錯的生活象徵。

「我們想租這層公寓。」這是大衛，安靜的丈夫，不過現在已經較不緊張了。

「你不想要在這張可愛的桌子上寫作嗎？」艾西亞的聲調意外地嚴厲刺耳，一種在英國各州主婦習於指使傭人的聲調。但這其實是學來的，在加拿大及台拉維夫耳濡目染的壞影響。

「我很樂意成全。」這回是希薇亞嚴肅、受敬重、低沉的美國口音。

「那麼就這麼決定了。」泰德非常愉快，轉身打開冰箱門取出一瓶白酒。很快地，他們全部坐在桌邊閒聊，好像他們早就是朋友一樣。

「你們會來德汶探訪我們吧？」當泰德將視線從那位耀眼的女人身上轉開時，希薇亞以女主人及家庭主婦的身份問道。他們完成這筆契約時，有一個短暫的片刻，希薇亞在這位美麗的艾西亞．威比勒的黑眼珠中看到自己的倒影，是她自己，但又是他者。

那個想法閃過希薇亞的心中至今已過了九個月。這些日子以來，希薇亞努力適應鄉村生活，讓自己變成一個道道地地的鄉下女人（以她的看法而言），一個走在「他們的」土地上的人（即使她的意思是「她的」土地）。

隨著她的兒子的出生，冬天的泥濘也被開滿紫羅蘭的紫色樹籬代替。他們搬到鄉村之前，在查科特廣場公寓裡縈繞不去的那股不祥預感，慢慢地淡出希薇亞忙碌的生活。

註十：勞伯．史蒂文生（Robert Louis Stevenson）於一八八六年發表的《化身博士》（The Strange Case of Dr. Jekyll and Mr. Hyde），描述年輕科學家吉柯博士為解救心理疾患所苦的父親而進行人體實驗，結果自己竟變身為性格、樣貌迥異的海德先生的悲劇。

註十一：John Donne，1572~1631，詩十六世紀末英國名詩人，詩壇抽象派的領袖。

一九六〇年夏天，倫敦

亞特蘭答（註十二）的故事

泰德坐在嬰兒旁邊，他把早晨的時光留給希薇亞工作，自己則利用下午的時間寫作，或者有時這個安排也會反過來。時鐘滴答響，粉紅與白色相間的方格棉布蓋在搖籃上，被夏日的微風吹得陣陣波動。倫敦充滿甜美的氣息。他可以聽到攝政公園裡有動物園海獅的叫聲，每到月圓的夜晚，狼嚎聲猶如童話故事的描述般，圍繞著年輕英俊的父親、美麗的母親，與那個還分不清人類與野獸的差別的小孩。

每當希薇亞夢到她的童年，她會掙扎著安置這些重要記憶，因為正是這些記憶組成她的生活。每當她沮喪，她的詩人丈夫會寬慰她。但兩位詩人都知道，他們是一場競賽中的對手，而且最終只有其中一個人可以生存下去。

泰德想到愛情，想到那場神話中亞特蘭答不被允許獲勝的比賽。他坐在搖籃旁冥想，伴隨的是搖籃晃動的輕微沙沙聲及呻吟聲，這是她的妻子一生都必須帶著走的包袱。因為不管泰德如何盡可能挪出時間照顧小孩，不管他有多麼愛戀與多麼頻繁地安慰他的妻子，他知道她沒有能力贏。

泰德已經丟出第一顆金蘋果：在他的羊圈裡無知沉睡的嬰兒，給奔跑中的美女，那位在成名的競賽中，他必須超越與征服的亞特蘭答／希薇亞。

而希薇亞果然去追逐金蘋果，在無眠的黑夜的裂隙之間搜尋、疑惑，迷失在如牛奶般的濃霧中，在那裡，文字甚至尚未被創造出來。

當諸神導演這齣關於鮮血、慾望與死亡的戲碼時，她早該意識到怒氣遲早將降臨在自己身上：她恨那位美麗的英國國家廣播電台節目女主編帶泰德去吃午餐，當他被送回家時，看起來活像一隻滿足地打呼嚕的大貓。她聽任自己的頭髮變得油膩，因為她從來沒有空打理自己，因此也不能擁有童話中快樂的妻子那種金髮。希薇亞的脾氣尖銳易怒，而泰德那些不喜歡她的朋友，往往會在一些小暗示中，表示他們對她放肆的言行或自我中心的想法的憎惡。可憐的希薇亞！即使現在，她也很自然地感覺到自己就是贏不了。其他出現在道路上的金蘋果也使她分心，她幾乎夜夜夢見奧圖之死。

這個小型的家族航越夏天，定期船從加拿大泊進南安普敦，艾西亞在此登岸。她將與大衛．威比勒造訪查科特廣場十號，並且在兩年內，艾西亞將奪走她的公寓、她的丈夫及所有的東西。

一九六二年，羅麗泰（註十三）

德汶進入早夏，河川水位高漲，板栗樹上的果實僵硬地聳立著，好像是一只只倒插的酒瓶般。鳥兒們在休斯夫婦的綠莊外高歌，把那裡變成一片牠們的歌唱舞台。有一個聲音正在安慰哭泣的小孩，那聲音並無意義，全是褓姆模仿她自己的母親而發出的。她的母親把年輕的凱特從紐西蘭送來這個古老的國家與親戚同住。農場的機械也製造了一些噪音，好似它正在彎曲的小徑上呻吟、打顫。小徑因為荷蘭芹眩眼的白色花苞而顯得更曲折。男孩們在上學的路上喧鬧，這個萬物生長的季節，也在他們的身上多加了幾吋的高度。他們停在橋上，倚靠著橋欄往下看著河裡匆匆來去的鯉魚。每件事——兒童、聲音、這個季節甜蜜的吸引力——都促使詩人離開他的書桌，走到安全地停在樹下的嬰兒車旁。他當然愛他的小嬰兒——不過大約一分鐘前在小徑上聽到的，蓋過其他聲音的，不是巴士引擎的咆哮聲嗎？正在廚房幫助雇主的小保姆，是不是應該帶了她的書包跳上回程巴士，去奧克漢普敦（Okehampton）高中看她的表親了？他們會坐在草地上討論馬上要舉行的畢業考，然後凱特又會回綠莊過單調的褓姆生活。

凱特・韓斯現年十五歲，她戴著牙套及一副無邊的眼鏡，那眼鏡讓她豐腴、未定型的臉看起來更大，而眼睛仍然像往常般又小又漫不經心。她的身材無法目測，就算裹在一件白綠相間的條紋洋裝（這是奧克漢普敦高中的夏季制服）之中，她都一定會穿上一件從艾塞特（Exeter）街上蒙尼卡的店買來的前扣羊毛外套，或者一件鍍金鈕釦的運動上衣，以遮掩自己的曲線。她的腿從洋裝的下緣露出來，像一株小樹般穿進白色的棉襪裡。泰德對她非常著迷。他可以感受到凱特身上有一種未知與未完成的特質，而他就像是參加趕集的農人，光靠著在一頭小牝牛或羔羊周圍走走嗅嗅，就能估量它的未來的潛力與價值。在這個宜人的五月天，觸目所及是暴烈的雨、太陽、樹籬和綠色的河岸上五月柱的顏色，身處其中的凱特・韓斯就像空白的紙頁般清新而未曾著墨。

她來了！休斯太太並沒有盡其所能地對可憐的凱特好一點。她從在別戶人家工作的經驗中學到，一小時二便士六是合理的薪水。她在那些人家拼命的擦洗、剝馬鈴薯皮浸在水中，最後至少會得到一個麵包捲或三明治，好讓她帶到學校充飢。但這裡的女士卻很安靜，通常只活在自己的世界中，不跟外界打交道。有時她也會以一種凱特無法了解的聲調說話，就像今天早上，她才說她可以聽到屋頂上的燕子：「他們在咬乾草，一根又一根地拿去築牠們的巢。」

她有一點奇怪。凱特覺得她看起來神經緊綳，很會利用時間，每次當她一到，她就迫不及待地將小孩交給她，自己馬上坐回書桌旁。她從不像卡森太太那樣饒舌，也不學教區牧師娘問她一堆令人難為情的私人問題。

凱特對休斯先生的感覺則完全不同。就像一種生物本能般，她知道他對她有興趣。

這個時期的英國中部仍處於戰後的束縛之中，性愛或者那些對性有特別狂熱的男人，對她都是相當懵懂未知的事。英格蘭是一個安靜的地方，即使目前正日趨繁榮，但社會規範仍然嚴格，森林深處沒有強暴犯，上一次有人夜間潛入民宅則已經是十年前的事。凱持知道自己已經準備隨時拋棄她的處女貞節，她對社會上其他人的想法徹底藐視。

老韓斯太太（她是凱特的姑婆，來自西多塞特，凱特的母親則與其兄弟移民到紐西蘭）也知道，休斯先生習慣在夜間到處閒逛，赤裸裸的性愛經常表現在她的姪孫女的雇主夫婦身上，而且這種愛除了這對夫婦在艾塞特路的住處外，在這個新的、乾淨的、新開墾的集合都市，實屬罕見之事。但她從來沒想過這個事實——太驚人了！這個穿得像個鄉下流浪漢，走路像軍人的英俊男人，可能對她的姪孫女有企圖。即使如此，韓斯太太仍希望當泰德經過的時候，凱特不要把她的留聲機開得那麼大聲，而且還把身子探出窗外，把手肘擱在窗台上像隻火腿似地招搖。

「我把自己變成一個走路的、談話的、活生生的洋娃娃……」即使老韓斯太太沒留意到克里夫・理查這首歌詞真正的含意，但它正是傳播遠及德汶，沿途並且緊緊捉住十五歲的女孩們的心的新時代之風的先聲。（仍少為人知的披頭四正在錄製第一張專輯。）過去兩年來，那位好看的三十一歲男人身處羅麗泰的國度，遭受到這位高校女孩邪惡的誘惑，而這首來自英國的歌，卻突然——甚至是令人毛骨聳然地——讓羅麗泰活了過來。泰德無法抗拒這一類異性的挑戰，這種他自己青少年時期所不曾存在的異性類型：一位寧芙（譯註：nymphet，神話中一種生活於水澤的女性半神人），熱中於慾望與黏答答的口香糖的青少年。

「凱特！」他真的介意自己的妻子是否聽見嗎？女孩對此很懷疑。這位俊美的神在她後面呼叫，跑過小徑後跳上車。（司機笑著聳聳肩：這已經是這位陌生人第三次這麼做了。）下回她來照顧小嬰兒時，休斯太太會不會解雇她？但凱特憑直覺就知道這位女士太狂熱於寫作，保姆對她來說是不可或缺的。

泰德坐在顛簸的巴士的後座到奧克漢普敦去，他的手臂盤繞在凱特．韓斯豐潤而僵硬的肩頭，感受到一種無言的極大幸福，他覺得自己被接納到一個可以暫時放下生命中大部分的感受與經驗（神秘的，詩意的，甚至是平凡的）的國度之中。（即使她的口音讓他戰慄：當她偶爾發言，他看到的是一個殘忍、無禮而野蠻的小孩。）在凱特的身上，他找到他的赤子之心。他像丘比特一樣可以從出發點開始，重新再造一個新的世界及一種屬於他的語言，以重新雕塑他眼前的這一片混沌：這位芳齡十五歲的女孩。但要建立他全新的語言，泰德得先引誘、進入及擁有凱特．韓斯。

巴士停在新學校的校門旁，這是一棟醜陋的黃色磚造建築物，外牆沒有一點裝飾，完全談不上所謂的建築風格。凱特曾聽過休斯夫婦對此提出批評，當時凱特正在水槽邊彎腰舉起一個藍色的塑膠洗衣籃，裡面裝的是休斯太太丟進去、看起來完全不像被穿過的小孩子的衣服。（這是休斯太太的美國式作風，她總是太快就塞滿那個洗衣籃。）凱特推測，休斯夫婦喜歡舊東西，舊建築，舊照片以及其他舊東西。但今天，當休斯先生（凱特祕密地在心中把他想成美國名演員傑克．巴萊思Jack Palance）從巴士上跳下來，他似乎偏於這個學校給他的印象。在五月晴朗的艷陽下，它比平常顯得更黃也更醜。凱特朦朧地覺察到，如果他喜歡老建築物，他一定喜歡他正和一個年輕女孩，走到奧克漢普敦高校的側翼進入草坪的事實。

這是一片在英國新農業政策下正快速消失的牧地，草坪上點綴著野花，盡頭則是一個小樹林。泰德當然知道如何找到這片長滿草的古老田地：它可能在莎士比亞的作品或約翰・克雷（譯註：John Clare，1793-1864，英國最重要的自然主義派詩人）的詩中；他在蝴蝶蘭與藍色的紫虆籆之間逡巡，特意不在心中複誦這些植物的名字。披頭四的新歌〈Love me do〉在他的腦中響起，這是他從凱特在綠莊照顧小孩時打開的收音機裡聽到的歌。在這個五月清晨奧克漢普敦高校旁的田野上，這些是他需要的全部字彙。

凱特既非順從，但也不是不情願的。在他的示意下，躺在長得很高的草地上，那些草想必穿透她的綠白格子洋裝，扎得她又刺又癢。她被親吻——然後被說服拿開牙套，並且把嘴裡的口香糖吐掉。她的身體像百貨公司所賣的床般又厚又結實，除了期待著有人在上面彈跳，也同時要求得到愛護及尊重。

凱特・韓斯才十五歲，若是在美國，她會被視為入獄的誘餌。即使在這裡，不管她同意與否，她仍會為任何與她性交的男人帶來入獄的重罪。但那個吻繼續著，這對情侶身邊的草被壓成扇形。在這個晴朗的夏日早晨，地面令人驚訝地潮濕。但這些事似乎都與他們兩人無關，洋裝很快被脫掉，沾上了草地的濕氣及羊蹄草葉（它們是構成這場誘姦行動的基礎）。一個幾乎平滑無皺紋的肉體在泰德的眼前展開：白色的高校紮口短褲，可能是上個月才突然隆起的乳房，上面淡紫色的乳頭因泰德的觸摸而疼痛。凱特已經除下眼鏡（而待會兒她將很難在這片被踐踏的草地上找回來），當她的傑克．巴萊思吻她、咬著她的嘴唇及脖子時，她的眼睛睜著，眼裡漫無焦點。她對自己到底應該期待什麼毫無概念，很快地，她的身體被異物進入，然後又離開了。學校的鈴響了——她是否完全錯過和她表親的約了？更糟的，他們是否來過，而且看到她在這裡？

意外發生的時候，它結束得像這場性行為一樣快。有人將一把大鐮刀忘在這堆長草之中，而凱特把她的眼鏡拿在手上，而不是戴在臉上（因為鏡片起霧且沾上泥巴）。她跌倒在草地上，結果為了撐住自己的身體，她的手不偏不倚壓在刀刃上。傷口很長，幾乎從她的手腕內側直開到手肘。血噴出來，凱特尖叫起來。她的情人對於此類危機已有相當應變能力，他迅速脫下昨天太太才剛洗的襯衫綁在女孩的傷口上。

凱特的運氣很好，藉口找到了。學校醫務室的助手替她纏上繃帶，答應她這場意外的真正原因（凱特在禁止進入的草坪進行不正當的性行為）將永不會被提及。

除了一道長長的傷疤及她年長的姑姑談到她可能因此送命之外，沒有什麼後遺症發生。因此這位綠莊的新主人及這位來自世界遙遠的另一頭的女孩在那個夏天繼續私會——

不用說，他們從來不曾再回到奧克漢普敦高校的草地上去。

註十二：Atalanta，希臘神話中捷足善走的美女。

註十三：Lolita，納博可夫（Vladimir Nabokov）於一九五五年的作品《羅莉泰》（Lolita），描述一名中年教授迷戀上一名十二歲小女孩羅麗泰的故事，當時一度被禁，藍燈書屋選其為二十世紀英文小說第四名，羅麗泰也成為全世界具挑逗性的少女的代名詞。

廚房中的競爭者

這個沒有片刻安寧的屋子，從廚房中傳來一股暴風雨前的寧靜。在蒼白的牆後面，滾煮得太久的湯散出蒸氣，在牆面上拖出一些條紋。廚房目前已成避難所，在它外面，一道深紅色的階梯朝上延伸，接到髹成純白的二樓。這個房子令人神經緊繃，理由來自那些令泰德恐懼、但希薇亞卻堅稱的被分屍的死亡肢體的色調。

每一個來訪的人都認為這是一個洋溢著勞動與幸福的領域，而獎品就掛在牆上那面泛著紅光的寶庫之中：黎明的光照著孩子們薔薇色的臉頰，生育的痛苦以及那些寫不出一個字的焦慮的夜晚、空白的時刻，此刻都被她所遺忘。一切完美，生命、勞動與愛三位一體。

但即將瓦解這分幸福的線索被忽視了。（這很令人驚奇，因為這兩個人都對任何象徵及預兆非常敏感。）一隻從蜂巢逃脫的蜜蜂（它的蜂巢構築得對稱而有計劃，就像這棟提供給他們幸福生活的德汶郡新農莊）有時飛進廚房，然後又飛出去。一個用購物袋提了雜物的老女人站在大門邊，向內瞧著天倫之樂的一幕。那天晚上，一隻貓頭鷹貼著窗戶飛行，它的鬼臉就浮現在玻璃窗上。但沒有人意識到，不祥正振翼鼓動而來。除了那些關於父親的夢，以及她有時會突然將泰德錯看成父親外——在一把衣服堆積如山的椅子上佝僂著背，高背椅上露出他的後腦勺，一張報紙彷如床單般蓋住他的眼睛——希薇亞所想到及寫下來的家，都是提供他們幸福生活的環境。

訪客將於今晚到訪。那是他們與倫敦最後的聯結，因為當訪客回倫敦，他們將去泰德與希薇亞與這個年輕的家庭住過的公寓。大衛與艾西亞代表了倫敦，而農莊的主人將會永遠留在這裡。這裡的喇叭水仙在冬至開始開花，它們的花期將持續到第一場春雨打在暗綠色的葉子上。泰德與希薇亞在自己所擁有的土地上闊步，靈魂有如一隻滿帆航行中的船般充實鼓脹，而他們的客人則來尋求喘息。大衛與艾西亞將接管公寓、帳單與從地鐵站走回公寓那段長路。綠莊刺眼的新顏色在英國夏日的熱氣中逐漸褪淡，好似也在歡迎他們的到來。沒有人注意到（或至少沒有聯想到），這個迫切的災難前所顯示出的預兆。首先是電話線莫名其妙地自動從牆上鬆脫了；朝向二樓的緋紅色樓梯扶手沿著威爾頓丘(Wilton pile)投射各種形狀的暗影，有時是下墜的人體，有時是一個被火車車輻勾住的彎曲手肘。天色暗下來的時候（西鄉通常天黑得很晚），那個老女人騎著掃帚飛過月亮，手裡仍緊抓著她的紙袋。

只剩下一個小時了，而那盆菜肉飯仍在電鍋裡冒泡（這個鄉下地方沒有瓦斯，沒有藍色火舌的舐舔與邀請。當那些關於父親的夢變得太過激烈時，使她必須走下樓坐在那把高背椅上時，她只能看著起褶的窗簾，像蝙蝠的翅膀般飛越黑暗的夜空。）馬鈴薯還未去皮。但通常這是泰德的工作——雖然她不喜歡看到他剝野兔皮或卡答一聲就扭斷一隻雞的脖子（這些事令她痛苦地攢緊大拇指），但她喜歡看他削馬鈴薯皮，掘出芽眼，巧妙地脫掉那層棕色的絨毛外皮，露出白色堅硬的內層。

今晚，泰德遲遲沒有下來清理這整籃馬鈴薯。他在樓上為他的小女兒讀故事書嗎？或者他——如希薇亞所懷疑的，而且廚房也顯示出這種氣氛：時鐘在牆上露齒表示輕蔑，而那些藍白條紋的蛋形杯先是顯示出歡宴的氣氛，然後流露出警告——正在打扮自己，為艾西亞與大衛的到訪做準備？當然他與他們不熟，他與希薇亞只有那次在北倫敦那棟公寓與威比勒夫婦會過一次面。為什麼今晚泰德要先沐浴或更衣，而這甚至不是他平常的習慣？但那盤在盤子上咯咯輕笑的菜肉飯知道答案。空水箱發出呻吟，熱水勉強被抽上二樓時，水管發出的隆隆的擊鼓聲，這些就是這段婚姻中愛情死亡的聲音。

希薇亞自己也為這個場合打扮過了：就像一個女演員為她的最後的演出做準備般，她感覺自己必需無瑕疵地現身在舞台上。在這個樸實的鄉下地方，還有誰會為了晚餐換衣服吶？那個年輕、微笑，金髮有如廣告中的模特兒，穿著高跟鞋及黑色V領上衣，搖著裙擺站在一籃未去皮的馬鈴薯旁的女人是誰啊？她的視線向下看著馬鈴薯，馬鈴薯烏黑的芽眼也回瞪她。一陣焦慮襲上正在拌合羊肉與菜肉飯的希薇亞，一滴灼熱的油漬濺到她的手上。她的寫作的手，那隻泰德說她將寫出她的故事的手（如果有一天她能找到那個故事的話）。但故事正要在這個門內開始進行呢，她那身為居家男人模範的丈夫，身為完全美國式信仰及新科技代言人的丈夫，他的所做所為，目的全是為了看到太太哭泣。希薇亞總是太庸人自擾，一個頭痛或她花了好幾小時做出來的菜有一點點燒焦，已經夠她覺得苦惱，憤怒以及歇斯底里。泰德穿了一件她剛燙過的格子花紋布襯衫及楞條花布長褲，突然出現在廚房的場景之中，看來如此英俊。祕密將在他的面前揭露：被背叛的妻子，架在跳躍的火上的大鍋，被她扔進鍋裡熬湯的小兒子，為他通姦的丈夫準備好的盛宴，她的復仇。但罪行仍未犯下。泰德動手把馬鈴薯倒進水槽裡，看著水流沖走泥土，被沖走的沙子卡在濾網上，看起來就像一個兒童碎肉派。

當一張與眾不同的臉出現時，你馬上會加以留意。聖人的臉——或一張油畫中女人的臉——一張曾在銀幕或花格窗後面驚鴻一瞥的臉，紛亂的頭髮垂下蓋住凹陷的雙頰，突出了那一對燃燒的眼睛。一張神祕的、猶太法典中的臉，適於半掩半現，當它浮現在暗影或煙霧中時，看起來甚至是黃銅色的。一張俄國人的臉，曾被有計畫的追獵，無窮盡地受苦、反抗，並因為痛苦而祈禱著——這是當廚房門被推開，客人出現門後時，泰德所看到的臉。他們是如何進來的？當然這裡不是倫敦，不過當人們單純地踅進來時，剛定居下來不久的休斯夫婦仍會被嚇一跳——特別當擁有這麼樣一張臉的人也這麼做時。他看到大草原，冬天的森林裡只有冰柱垂立在松樹上，狼群在其中逡巡。艾西亞的美貌就像雪后一般的冰冷，而她幽暗的眼睛彷如一泓湖水，投石進去後，你將眼睜睜看著它沉沒水中。這是泰德所看到的景像，而且在這一瞬間，他從男孩蛻變成男人。

希薇亞的臉因為那份菜肉飯散出來的熱氣而轉紅，從她必須用廚房裡的手巾揩去淚水的眼中，她又看見了什麼？她是否看到她自己已遠去的童年時光，那個小女孩的父親，奧圖王子，被送往一列希薇亞有時也打算搭乘的，通往死亡的列車？她是否看到，這張正微笑地朝她走近的聖母肖像般的臉（與希薇亞臉上一模一樣的微笑），籠罩在一層殉教的金色霧靄中，清澈的藍眼睛向下看，好像她已然知道自己是一樁罪行的源頭，並意識到即將來臨的懲罰？這位未宣告即逕入這棟房子的中心——廚房——的陌生人，是否已經是她的僭越者？對希薇亞而言，艾西亞當然是一個「他者」，一個銅板的反面，穿越整個地球，從美國對面那個黑暗的、被禁止的國家而來。而希薇亞在美國顯現她的光明面，她明朗一如白晝，守規矩、有教養，且未認知自己的殘酷。

當大衛談著長途開車到德汶，途中多風的小路與錯誤的迴轉時，希薇亞愛莫能助地旁觀。艷麗而謙遜的艾西亞，這位美麗的俄國女人讓希薇亞覺得相形失色，自己彷彿隱形在空氣中，在這位黑暗女神惡意的光輝裡變得更加蒼白。艾西亞走到泰德所在的水槽邊拾起馬鈴薯，泰德笑著推拒，但她堅持要協助他，因此他給了她一把銳利的小刀。希薇亞對刀就像對朋友或對兒童那麼熟悉。刀子被艾西亞戴了各色戒指的手接過：雹石、黃玉、土耳其石、銀等各種來自東亞各部族，被鑲成獅子頭形的寶石。用那把刀，她將馬鈴薯斜視的小眼睛一一挖出。

神諭不語，她住的森林卻提供了答案。答案寫在照上緋紅色松針的那道藍光上，在河流淌過山稜一側的湍急噪音中，在堅鳥聒噪的叫聲中。你可以從她身旁的火焰中看到神諭：採自恆河、落日般鮮艷色澤的絲衣服，金色的手鐲與錢幣在她的手腕上跳舞。神諭沉默，唯可見於她的俘虜的眼中。她的睫毛是裝倒刺的鐵絲，糾結成一團黑色，上面凍結著眼淚。她的牙齒直接由鍛鐵打成，足以活活吃掉她的敵人。

為什麼沒有人看得出來發生什麼事？為什麼這些有權力的人卻如此輕易地隱藏自己真正的身份？很顯然地，這個女人選擇緘默，選擇成為神祕之神的情婦，唯一的目的就是要把戰利品誘入圈套之中。她將保持低調，他的小孩將顛躓而行，然後脫離他而成長。農作物將枯萎，新的季節不會再臨這片土地。但她不介意，而他也不。她將一再地搬演創世紀及生命來源之祕，而且她不應該發言，她的口音會破壞一切。

希薇亞將鍋子端到桌上，並掀起蓋子。在升起的熱氣中，她看到桌子對面站了一位吉普賽算命人，她被偷的小孩被換成一位強盜王子。透過窗戶可以看到教堂院子裡的紫杉樹脫下它的軟毛，赤裸裸地站在那裡，上面掛了一些玻璃製的廉價裝飾品。巫婆出現，整個房子哆嗦著嘴唇向內縮成一團。

泰德躲進他的童年裡，回到那些結束於微光中的漫長日子，那個他漫遊並且殺戮的秋季，瀕死的鹿與野兔在石南叢中拖行了幾哩而後跌落。他們在桌邊逡巡時，他看到那個女人追逐著他的妻子——他看到的是一個女獵人，像他自己一樣有技巧而且毫不留情。然後，當他再度看著她，他看到一個受害者，等待著殺戮的命令——在她後面是死亡集中營，藍色的空氣中，有一列老女人高高地踢著腿，跳著拙劣地模仿青春的舞蹈。

這裡有誰必須消失？希薇亞凝視著艾西亞，並用一種低沉而真誠的聲音發言，那聲音透露出她對瘋狂的恐懼。艾西亞也在凝視她。他的眼前浮起一些影像，塔羅牌中被靠牆放的麵包箱吊死的男人的影像，一尾長的、鼻部很尖的魚逆著急流溯游小溪的影像。門旁起了一陣騷動，一個小孩被這位陌生女人帶來的夢叫醒，跑進廚房裡。這位訪客彷彿中了埋伏，驚喜地用她彷彿不存在的聲音喊出了一聲招呼。咒語解除了。

這個房子裡的夫婦兩人都無法入睡。月光照上深紅色的階梯，流成了一條血河，這是一棟建築物從上流到下的動脈，而白色與危險正在建築物裡生長著。風停了，客人在他們的床上移動及翻身的聲音清晰可聞。影像在眼前跳動：艾西亞，與她在夢中所捕的那條金色的大魚一道，在這個炎熱的夏夜裡流汗掙扎。她的丈夫躺在她旁邊，假裝正在睡覺。在他們正上方的房間裡，希薇亞靠坐在墊子上，一陣乾燥而寒冷的微風預言了奧圖將從他的墳墓到訪。而泰德，堅硬固執得像鐵砧，上面已經鍛造完成新的盟約，正直挺挺地躺著，像一顆無法移動的石頭。

教堂塔上的時鐘為今夜計時，每個小時過去，記錄的是即將來臨的命運的年表。

分針躡足前進，像一片刀刃切進凍結的時刻，生、死與謀殺皆被鳴鐘送走。教堂院子後面的那棟房子二樓的窗戶突然亮起了一盞燈，希薇亞再也受不了。她會看書——考古學和人類學，有關人類被埋在冰中的新聞，談論螞蟻和類人猿的書，任何東西都行。但她仍將看到早晨揚起它的黑斗蓬，招呼她下樓到廚房來。星期天的午餐，更多馬鈴薯——她已經聽到馬鈴薯被放進沸水時，發出生氣的嘶嘶聲。

這個早晨比前晚更熱，一道晨霧像是潑在茶碟上的蜂蜜般，吸引了蒼蠅和昆蟲進屋。廚房的窗戶開著，小蜜蜂——不是那種希薇亞在她的家鄉土地上掌控自如的那種，這種更小的蜜蜂喜歡綠莊花園裡的忍冬及薰衣草——在屋外發出溫和的嗡嗡聲。希薇亞受不了這個，她把窗戶砰地一聲拍上。幾乎同時，在地上爬行的小嬰兒發出受驚的哭鬧聲。

泰德挺直不動地坐著，好像他已經將昨晚他穿格子襯衫坐在桌旁的記憶放在一邊，這個景象似乎在宣布著：那一夜被取消了，女巫從未造訪過，什麼事都沒有發生，我仍在此。但他嚴肅的臉上同時顯現一種滿足的輪廓，雖然希薇亞看到這一點，卻猜不到事實的真相。她的丈夫，那個她描寫家庭時會以熱情及獻身的筆調提及的男人，早就在所有人之前出現在廚房裡，坐在桌旁的椅子上，凝視著昨晚兩個女人一起洗好的碗碟（而他則和那個陌生人的丈夫一起擦乾它們，好像在提供妻子們一個擔保，好像在說兩位丈夫其實都一樣好，誰嫁給那一個丈夫並不重要。）一只空鍋子被毫無尊嚴地倒扣在水槽上，當他的視線越過它時，這個房間同時在他的眼光消失了，隱藏一整牆白布的後面。

在泰德穿的睡袍裡面，他可以感覺到艾西亞的體溫，聞到她的香氣。他站在河岸上發抖，把頭埋在她的乳房之間。

然後，她將白色的大網高舉在空中，當希薇亞抱著嬰兒走進來，這位捉住泰德的女人越過廚房離他遠去。

當希薇亞聽著艾西亞描述她關於一條金色的魚與一個眼皮震顫不停的、半成形的小孩的夢境時，她同時看到自己的毀滅：這場仗她輸了。一天的序幕開始得比她的預期更晚，她把馬鈴薯丟進一只裝滿冷水的大鐵鍋裡。馬鈴薯煮熟之後，他們會幫忙去皮——她可不會讓馬鈴薯沒去皮就上桌。

第二天，泰德到倫敦去了。「我們在倫敦碰面。」當他們終於看到希薇亞走向莊園外的馬路時，寂靜的廚房裡傳出這句話。這對戀人（她知道他們在期待、渴望、幻想著成為一對完美的情人）以為希薇亞已經離開，但事實上她在小徑的最末端折回，停留檢視了一下水仙及老玫瑰樹上飽滿的花苞，然後在樹影的掩蔽下，隱密地踅回屋外。她已經習於用此方式監視這個她已不再信任的丈夫，她聽到幻想世界中與自我爭辯的聲音，質疑自己是否正苦於一種偏執、誇大妄想的嫉妒之中。她是，那又如何！她在嫉妒，而且她有理由嫉妒，就為了這句「我們在倫敦碰面。」！他的行為正符合她對那句厚顏無恥及神經質的宣言的解讀，在周末訪客離去後，今天早晨他必須搭火車到倫敦去：因為工作、金錢等等「緊急狀態」。

他離去後，那位在家書裡自稱「忙碌、幸福的女人」在院子裡忙了一整天。奧瑞莉亞很快將從美國來訪，把那些希薇亞所描述的美好生活的畫面落實到他們的生活中。她不能知道這次的背叛和犯罪，也不可以查覺到滲透在屋子裡猶如陰魂不散的陰鬱氣氛。她必須看到希薇亞營造的理想夫妻的形象：忙碌、快樂，最重要的是，他們的關係很成功。希薇亞覺得自己要為屋裡的陰鬱氣氛負責，（因為除了承認奧圖長期的存在，使希薇亞的情況更惡化外，泰德否認其他所有的事，導致希薇亞必須承擔所有的苛責），幸運的是，孩子們對此似無所覺，完全未受影響。即使他們的母親經常哭泣，每天越來越早奔向她的工作桌，從黎明即開始搜索枯腸，寫下那些原本被隱藏在遺忘的黑夜露珠中的文字，但孩子們仍健康又快樂。因此奧瑞莉亞也必須看到一個像孩子們一樣的、含苞待放的美麗庭園。

泰德搭上午九點的快車前往倫敦，那一整天，希薇亞除草、搭建一個柳木涼亭、為玫瑰樹整枝，並且設法將紫藤搭到屋外那面崩壞、掉屑的舊牆上。

黑夜終於來臨，在這個盛夏來臨的前一個月，西鄉的黑夜降臨得如此晚，她不但背痛，而且失去了時間感。希薇亞從薄暮的庭園進屋，孩子們在幾個小時前已經被送上床。她累了，如果對睡眠的恐懼沒有緊緊攫住她，那麼在這整天的肉體勞動之後，她應該是滿足的。那些夢、那些殘虐的暴行：畸形的、受虐的男人與女人，集中營與那些不可原諒的衛兵，挖出的眼球，遍地的屍體。而且泰德將不會在此協助她脫離那些夢魘的掌控，他會在倫敦，與他戀慕的女人一道。墜落——希薇亞看到他從一座險峻的螺旋狀愛之塔頭昏眼花地走下來——墜落，沒有任何其他字眼能夠形容今早他那副可悲的模樣。她當時猝然看到他從廚房走出去，走出建築物，離開她。她知道這一次的墜落是命運性的，但她恐懼的是稍晚恐怖將會顯現在睡夢中，伴隨著她自己也下墜的奇怪感覺。

「你被她迷住了。」在艾西亞和她的丈夫進入計程車，像個普通的周末訪客般若無其事般地離去時，泰德勝利地說。「被蠱惑了！」希薇亞想著這一切，突然累到不能在這個孤單的廚房多待一分鐘，與搖籃單調的韻律與迷迭香等家庭主婦（她就是其中之一）專屬的東西為伴。她感覺到自己與那位塗黑眼圈的陌生人之間有一種枷鎖、一種關連，即使她僅在此進行短暫的停留，她留下來的印象怎樣也無法去除。希薇亞認為她是橙色絲綢上的一朵火焰，以她的家、她的丈夫及她的幸福為薪柴熊熊地燃燒著。但她知道，即使火焰劈啪地延燒著二樓，也不能阻止她像平常一樣早起，並在孩子們醒來前坐在桌前書寫。

那一夜，希薇亞預期出現並祈禱能夠遠離的大屠殺場面並未出現。沒有奧圖．普拉斯從波蘭走廊上的某個普魯士小鎮出現（那是他出生的地方，並毀於一次滅絕猶太人的激烈攻擊行動中），夢裡沒有死亡集中營，那位奪走泰德的美麗陌生人也沒有柔弱地躺在希薇亞父親的腳邊。一貫的夢魘今晚缺席了。但當她躺在床上翻來覆去，知道自己將永無法再得一刻的安息、再享一刻婚姻的喜悅時，一個女人進入她的夢中。她是普洛康妮（Procne），塔斯（Thrace，巴爾幹半島上的古代國家）國王提瑞斯（Tereus）的妻子。以下是她的故事以及她的警告。（譯注：以下的故事取自羅馬詩人奧維德（Ovid，43B.C.-17?A.D.）所著《變形記》（Metamorphoses）第六書）

「你命中註定要結婚，而現在你知道你已失去自我，你命中註定要尋找那位他者，並與她往來。因為唯有你找到並且與她達成某種和諧，你才能再度找回自己。」

「這件事說比做容易。即使它將涉及沮喪、自我犧牲或傷及他人，你都不能像這樁婚姻所教你的那樣避免誠實面對自己。你必須回到自己內在的核心裡去。而你所找尋的那個女人，不管你認為自己離她多遠或多近，她必須與你有相同的意願，想要與你達到一種和諧的關係——像一位姐妹般地接近、熱情與忠誠的關係。」

希薇亞半夢半醒，慢慢地從床上坐起來，眼睛定在那位並不實際存在的女人身上。月光照進房裡，形成一片既不迫近也不遠離的白色區域。她感覺到恐懼所引起的癱瘓，覺得自己的下顎因身體鬆馳而垂落，她感覺到睡眠黑色的重量。

普洛康妮談到她與國王的婚姻，談到她與提瑞斯在山脈上騎了七天七夜的馬，才到達塔斯王國的土地上。在夜色中，樓梯變成乾涸的血的顏色，樓梯口那個白色的房間內，床上是一副睡眠的景象。她再度半醒著聽那個她早已知之甚詳的故事。

新宮殿的地板由大理石砌成，宴客的桌旁圍著一群偉大的國王所招待的陌生人，他們吞下一隻又一隻的鳥，整頭野豬日以繼夜地被架在鐵叉上烤，下面是一堆由金色的松果所燒出來的火。但這一切都只能使提瑞斯國王的妻子感到悲傷，因為她失去了她的姐妹菲洛美拉（Philomela）的陪伴。她夢到菲洛美拉在花園裡，那個花園四周圍了長樹籬，養了聲音清脆的孔雀，種滿了異國的奇花異草，但這些光輝，都只是更添增她可怕的孤寂感而已。

即使她們在一起時，她們經常覺得彼此之間沒有愛，只因她們的母親一個接替另一個地生下她們，讓她們成為從不分離的雙胞胎。但沒有菲洛美拉，普洛康妮是不完整的。她們認為她們了解對方，甚至比了解自己更甚。這種情形持續到某一天，了解與不了解的感受、信賴與被背叛的恐懼，遭到了最大限度的考驗。

普洛康妮乞求她的丈夫去她自己的國家，將她的姐妹帶到她身邊。在這個故事發生的年代，一位權貴的女兒即使結婚，也可以拒絕離開她的土地。想想潘妮洛普（Penelope），那麼多年來，奧狄賽浪遊世界，即使幾度落入邪惡的女人之手，仍悲歎於她離開她的父親與她自己的島嶼，去嫁給一個長久遺棄她的男人。

希薇亞在半醒的迷夢中走下小徑，旁邊是由長樹籬所圍成的幾何慾望迷宮。她站在陰影中，向上凝視著塔斯的月色。艾西亞身上的茉莉花香散在來自山丘的潮濕空氣中，吸引了窗內的希薇亞離開她的床站起來。正當此時，滿室的月光及那位穿長袍來探訪她的女人，繼續說完她殘餘的故事。

「提瑞斯答應了我的請求，他了解我在他的國土上所感到的隔絕與孤獨。而他卻是從小就認識這裡的每一顆石頭、生苔的河岸以及跳躍的雄鹿。他向我們的兒子伊堤勒斯

（Itylus）道別，並且向我保證他將把我的妹妹菲洛美拉帶回來。

「但發生的事情卻與他的承諾完全不同。提瑞斯結束長途旅程後獨自歸來，他告訴我菲洛美拉已死。當我垂淚時，我心裡同時感到懷疑，因為我從未曾感受到任何不安，但倘若我的妹妹曾受苦，我一定感受得到，反之亦然。」

「當那塊掛氈出現時，我覺得有一點驚訝。那塊掛氈是由一位忠誠的僕人飛奔著送來，上面見證了提瑞斯的暴行。」

希薇亞站在窗邊，整個房間在月光下顯得純白。她聽見她的孩子們的呼吸與在小床上翻身的聲音。他們的小房間有紫杉樹影，帶來平靜與黑暗。她為了最後的結局感到緊張。

「那塊掛氈上記錄了提瑞斯野蠻的酷行。即使是在她為我而製的、可憐的針繡粗糙圖案上，我仍可看到我的妹妹的美貌。那是一種妖精似的美，就像你在森林中看到，或在書上讀到的那一種。我看到提瑞斯強暴她，然後割斷她的舌頭。」

「我的妹妹已經啞了。她的舌頭像一條在王宮花園裡的蛇一樣來到我面前，訴說著菲洛美拉與我那一國之君的丈夫之間的愛情。」

「我知道這是假的，事實是提瑞斯強暴了菲洛美拉。但在像今晚這般月光輝耀的夜色中，這條舌頭躺在我面前，說著：如果菲洛美拉在被強暴後，真的愛上提瑞斯呢？」

「我用園丁靠著廟牆放的乾草叉殺了那條蛇，然後為了這種想法及假設居然會浮現在我心中而再度流淚。」

一聲小孩的哭聲敲醒了希薇亞的夢。當她急忙走出房門時，她感覺到她的夜間訪客所穿的白袍，在逐漸褪色的月光中拂過她的身體。

當他的母親與菲洛美拉將他投入一口火上燒灼的大鍋底部時，她聽到提瑞斯及普洛康妮的兒子伊提勒斯的哭喊。

不知情的提瑞斯被服侍著吃下他親愛的兒子血肉糢糊的肉塊時，希薇亞終於醒來，那場盛宴也在她眼前一閃而逝。她聽到一聲恐怖的吶喊，這句太古的叫聲越過全世界，吵醒了在煙霧的天空下交媾的泰德與艾西亞。

希薇亞睡著了，那些關於雙生子、姐妹與另一個自己的夢持續著，沒有任何事情來驚擾德汶這棟房子的靜寂。

自那個夢之後已經過了一個漫長的星期。（希薇亞知道這個神話的結局：菲洛美拉奔跑著，然後飛越她的命運，變成了一隻夜鶯；普洛康妮則成了一隻出沒在小孩與雙親同住的屋外的燕子；提瑞斯變成一隻戴勝鳥。）在那朝著夏至及奧瑞莉亞從美國來訪而移動的時光中，泰德回了家，又像沒事人一樣繼續過日子。

隨著時光過去，泰德與希薇亞之間的關係越來越緊張，他們兩人共同的生活已瀕臨毀滅，而這件事終會發生，就像菲洛美拉在紀元前即選擇的方式一樣。

郵差來了。希薇亞一向喜歡坐在她書房的窗前向外看，從她的書桌前凝視著紅色的小貨車停在道路上，穿著深藍與紅色條紋的結實男人來到門前，把門環敲得砰砰響。（這套制服與那部緋紅色的郵務車一樣令她興奮：它有可能帶來她的詩被「紐約客」刊登的消息，或是一封來自她的母親的信，信上寫著她如何期待想看到他們。）嬰兒被吵醒，在嬰兒車裡發出一聲長長的、帶著疑問意味的哭聲。泰德不知身在何處。希薇亞只好離開她那一首詩的第九遍草稿，不太情願地下樓去應門。應該是一個包裹，才會大到塞不進信箱裡。可能是泰德的詩迷來信，邀請他看看他們的作品、翻譯或改編劇本等等。也可能是送給他的禮物——希薇亞的妒意讓胸口一陣劇痛，當她凝視著磨損的包裝紙上那張寫得很大的收信人姓名時，她的視線一陣模糊。

包裹是給她的。她心不在焉地簽收了：休斯太太。一切按照程序進行，她覺得乏味且被激怒了——如果包裹不是寫著希薇亞．普拉斯，則裡面就不可能是書或任何她有興趣的東西。她緊著眉頭捏著包裹的一角進屋。也許是有人打了一件毛衣給她——但這個想法是荒謬可笑的。這不是第一次希薇亞想到她有多討厭泰德的朋友，而她們打毛線外套給她，又是令人多麼不愉快的事。想到這些事，就足以毀掉她的早晨。她那首詩仍像一頓未消化的午餐一樣，卡在這棟房子的食道上方呢。

包裹裡是一張方形掛氈。上面的刺繡，讓希薇亞回到那場對話——虛假、令人生厭，這就是當時她聽艾西亞談到刺繡及她對刺繡的愛好時的感受。她收到的是一張方形的白帆布，正中央有一朵紅玫瑰，還有一張艾西亞寫的短箋，寫著自從那次的對話之後，她發現自己不由自主地想把這張未完成的掛氈送給希薇亞，也許希薇亞會願意完成它，它應該可以用來罩在一張椅子上。

這塊上面有小洞的帆布被留在陽光下反覆的曝曬，紅玫瑰閃著光，就像一個新鮮滴血的傷口，四邊散落著白色的繃帶。那個夢回來了。

當泰德從農場帶回牛奶，他從窗外看到他的妻子坐在廚房（所有的事情首先登場的地點）裡。他站在六月的草坪上，看到她向他舉起那塊刺繡的方塊布。他折回頭，然後就像沒見到什麼令他驚奇的事般，他抬起門閂進屋去。

這朵紅色的花蕾旁邊從來沒有得到綠葉的陪伴。因為奧瑞莉亞的到訪，希薇亞有忙不完的事要做。而且，希薇亞無法確定這個從她手中奪走泰德的心和靈魂的女人，她的這項舉動究竟代表了什麼意義。她是這個娶錯了的妻子的姐妹？她也是這位野蠻暴君的受害者，無力從他貪婪的慾望中逃離？

或者，這朵玫瑰花與其令人毛骨悚然的血色花瓣，其實是吸血鬼的信使，會將情敵送進白色所代表的死亡之中？

其後數周，當艾西亞以低沉的聲音打電話來找泰德時，希薇亞的母親恐懼地看著她扯斷牆上的電話線。有時希薇亞也會到鄰鎮的伊莉莎白．坎普頓（Elizabeth Compton）家去避一避，她似乎是唯一真心喜愛希薇亞的女人。但憤怒統治了一切：希薇亞用丈夫的原稿以及她自己的信起了篝火，自己則在火堆旁跳舞，並不時以她剪下的頭髮、指甲等任何東西投入火中——她已經變成一個女巫。另外一個沉默而故作端莊的女人，在倫敦等待著泰德越來越頻繁的到訪。這位被割掉舌頭的妹妹也許將受苦，但至少目前她是勝利者與新的妻子。

直到希薇亞在德汶把旅行車駛離道路、誤入機場的那一天，她的母親才了解她真正的沮喪。這個數年前在威斯理郡向地下找尋避難所的女兒，這次卻似乎被雲和山崗迷住了。當人們來到這個幾乎肇事的現場帶走她時，希薇亞正仰首凝視藍天。一架僅容得下駕駛員及一位乘客的迷你飛機，在草皮跑道上像一隻盲蜘蛛般搖擺著前進。然後好似被一陣拂過的風吹起般，飛機起飛，並很快地消失在夏季的天空之中。

貓

艾西亞．威比勒穿著水仙喇叭黃的上衣與短裙，腳上是一雙樣式新穎的長靴，黑色的皮革一直裹到大腿。她沿著獅籠走，彷彿沒看到柵欄後面那些正在咆哮或睡覺的獸類。艾西亞自己就是異國來的野獸，她身上緊繃的皮革、結實的體格與閃閃發光的眼睛，都在向泰德宣布：像艾西亞這樣的尤物就在現場，他大可不必在這些被關起來的大貓籠外逗留。

艾西亞替「科樂門、普蘭堤與瓦雷氏」工作，這是一家接受保守黨委託的廣告公司，她在此以機智的文案及果敢的態度而聞名。任何人以「不安於室」來描述她，都是在給她最具想像力的讚美。因為對那些不受壓抑的女人而言，對那些像艾西亞般準備好要開老練的玩笑、冒險觸怒老闆、參加最狂野的賭局的女人而言，她們發現如果她們不想被稱為毒婦、蕩婦或其他更難聽的封號，那麼「不安於室」就是那些不道德的行為最可以接受的藉口。明年當保守黨因克莉斯汀．奇勒及香水賄賂醜聞而落敗，事務所將需要許多像艾西亞這樣有活力，且不安於室的新進員工。但到了那個時候，艾西亞最需要的將是勇氣及能力，好忍受那些她得為希薇亞之死負責的無情批評及攻擊。

泰德走近他的情人，眼睛仍然定著在那些他經常來看的野獸身上。他會繼續去看美洲豹和美洲獅。艾西亞還沒發現一件事：他對這些大貓的興趣真的比對她多得多。他可以感受到牠們的想法，並且與牠們達成一種了解，而這種了解，是他從未在任何女人身上找到的。動物園裡有一些觀光客（八月的遊客，日本人和美國人等），他們越過艾西亞時紛紛停下遊園的腳步，欣賞她控制得宜的野性及覆在皮革下的闊步。她知道他們著迷了，這令她不由自主地向身旁的那位詩人投去得意的一瞥。他是她在一場賭局中贏來的獎品，幾個月前，她向同事說她將到德汶去拜訪泰德．休斯，而且賭十英鎊她會勾他的魂一起帶回來。

無論如何，泰德完全沒留意艾西亞的動作，仍充滿愛意地凝視著一頭美麗的獅子將一塊鮮血淋漓的肉塊拖到腳邊。他在等待這頭野獸的戰慄傳達到他身上：它凶殘的胃口，在鐵籠中逡巡整天，步行了無數英哩，把這裡變成一個真正的叢林。這頭獅子強烈的氣味圍繞著他，他又站了數分鐘，等待著變化的神奇時刻來臨：泰德將與這頭獅子心神交會，他變成獅子，整個森林將在他的面前展開。艾西亞假裝專心在看展場裡另一頭生了疥癬、鬃毛稀稀落落的獅子，她噘著嘴，然後慢慢動了一下她的手，好確定自己她那一頭光澤的、像黑豹毛一樣烏黑的頭髮能夠為觀光客的相機誘人地擺動。為什麼泰德不能加快腳步？看完大貓，他們還有水族館漫長的參觀行程呢！艾西亞相當後悔自己捏造出那個關於鯰魚的夢：一條金色的鯰魚，它的眼睛裡有一個脈搏規律跳動的胎兒，正朝她游過來。泰德會指著鯰魚要她看。艾西亞唯一喜歡參觀的是哺乳類動物的夜行館，那裡有矮樹叢裡的幼獸及狐猴奢侈放肆地睡一整天，這讓艾西亞想到她真正比較想待的地方：回公寓去，和泰德待在床上。

艾西亞想著在這不愉快、酷暑的三伏天中等待著他們的家庭生活，她將再次談到想有個小孩，而泰德又會改變話題走到廚房去找飲料。泰德對艾西亞的愛情，還不足以令他決定與她共組新生活，而艾西亞的情況也和泰德一樣（即使她並不希望情況如此）。在他眼前升起的是一幅家庭的天倫和樂圖，但不是像艾西亞那種小而體面的家的模糊想法（表現得像是科樂門、普蘭堤與瓦雷氏事務所做的廣告），泰德看到的是自己在德汶的家。綠色的山丘上，一陣細緻的白霧揚起，明亮的太陽照耀在他和希薇亞一起種下的花朵及矮樹上。發生了什麼事？到底為什麼他會和一個不愛動物的女人一道待在動物園，而他本來大可留在家裡的？

答案很難找得到。那些永不休息的大貓剛餵食過，第一次抬眼正視觀光客，然後開始快步行走——然後越走越快，終於成為一種不能算跑，但卻可以追過任何男人的步伐，連牠自己也沉迷在這種無止盡、無意義的移動之中。似乎只有獅子的行動可以解釋整件事情，艾西亞被遺忘了。他看到柵欄後他的妻子被關在自己的天性、瘋狂與對生存及消失的雙重需求及恐懼之中。他的妻子被囚禁了，她僅有的自由被進一步投入陰暗之中。他看到一個令他沮喪的事實，因此他彎身超過護欄，好像要把自己送到獅子口中。一隻手搭上他的肩膀，手臂圍著他。他起先抗拒著，但誰能抗拒得了艾西亞？顯然沒有人做得到。

當他們回到公寓，艾西亞嘗試著引誘泰德對未來做出承諾，要他發誓離開自己家，完整地和她開始新生活。一邊說著話，她一邊在倫敦北部這個公寓的小起居室裡踱著步。任何人都看得出她需要安全感，但這個特質額外地增加了艾西亞的魅力，她明顯的不安全感，讓她真正像一個有弱點的人類。她已多次提過自己對生活的不滿意，真實的她其實是詩人。泰德對她的天分知之甚詳，就像他看得出她的神經質與不安全感一樣。但現在，當艾西亞在杜孚列公園這個加了鐵窗的房間越走越快，泰德看到的，只是一頭無法馴服的大貓，正飢餓地等待著牠的肉塊。

預先的復仇

即使在這個進步的時代，即使這位棄婦是來自她自己所描述的「牛奶、蜜糖與離心脫水機之鄉」，容許她給犯錯的丈夫一個永生難忘的教訓。如果有人仍相信一個棄婦必須扮演甜蜜及委曲求全的角色，當他看到希薇亞的表現時，都將驚訝萬分。

一九六二年的夏天，一個到達與離去、承諾與背信、謊言與善意，一切全都化成灰燼的季節，就像那些在綠莊被投入篝火中的信件與書籍一樣。

希薇亞的精力旺盛。即使她掉了數磅體重，眼睛下面出現黑眼圈，仍很難說得出她這最後的精力從何而來。

她受傷了。手裡捧了兩顆金蘋果——她的孩子們以及他所愛的那個男人，現在她如何贏得比賽？

但首先，如果這個發誓要永遠和在她一起的男人，現在必須像木製的小氣象預報員般來來去去，（他和希薇亞一道時是雨天，充滿哭泣、反唇相譏與直率的怒氣；和艾西亞在一起的悠閒時光則是晴天，他帶領她接近詩，領她真正了解自己的內在）在他自己的家裡突然造訪又突然離去，則希薇亞當然會報復。其實這場報復應該早一點發生的，但在這個國家如此不易找到新的某人。而且他們兩人有過和解與新的開始，他們矢言要住愛爾蘭，在那裡度過了一個破碎的假期，泰德在假期過了一半就離開了，這種瘋狂的行為，很像他一向描述的她的行徑。目前他的腦子完全被幻覺所占據了，他看到肖像畫上的臉開始有了語言及動作，勸告他馬上離開他的妻子。

沒有人能忍受得了這種局面。誰可以要求另一個人離開？希薇亞看著海，身上長滿尖刺的海膽鋪在海床上，一顆白色平滑的鵝卵石引導她向下走。泰德在八月某個漫長、可悲又辛苦的一周後收拾行李搬到倫敦去了。葉慈沒能在愛爾蘭拯救他們，即使他們曾去拜訪他的故居，摇下許多真正的蘋果，將百多鎊重紅色、明艷的水果放進大袋中，帶到他們下蹋的朋友家。葉慈在倫敦可能救得了他們，在罕普斯提（Hampstead）的費茲羅伊（Fitzroy）路，門上有一塊詩人的藍色名牌。泰德和希薇亞必須裝成一對可敬的、婚姻幸福的夫妻，以擊敗特列佛．湯瑪斯教授，確保他們能取得上面二層樓的租賃契約。（這位老先生一搬進樓下較小的公寓，馬上可以感覺到他的怨恨在這裡到處流竄。這令希薇亞覺得難受，就像她和她法律上的丈夫必須假裝出來的姿態讓她難過一樣，讓她想起幾乎不可能進行的報復行動。）因為一個單身女人與小孩不可能被房東認真當成一回事。錢——希薇亞的錢，她責備泰德拿去花在他的紅衣女身上的錢。錢——在這個光明的時代，錢是男人的領域與特權。金錢支配了她的生活，而現在她已經決定離婚，從此可以日夜澆灌她的思想。但在黎明前的藍色時刻，當她的詩被寫就、修改、重寫、定稿，然後埋葬在僵硬及冰冷的完美狀態後，她仍感到一陣憂鬱與空虛。

她寫得最好的其中一首詩是在德汶作的，詩中預見了自己窒息的意願，以及這位堅強地微笑著的女人，面對她的處境時絕對的無力感。「捕兔人」（The Rabbit Catcher）是她長考後決定的標題，這首詩寫的是殺戮，他對殺戮的需求及愛好，以及她自己在陷阱深處等待著死亡。泰德來探視小孩，他的手指頭放在茶杯周圍——希薇亞看到性的歡愉，甜蜜的高潮在等待著他——她決定目前仍不太遲，她會找到另一個人墜入愛河。這個丈夫可以自由地進入她的私人地盤，在他高興的時候來看家人，但將從此不會再看到她如此受挫。她不會等他來滿足她的高潮。

這是一場文學性的派對，而希薇亞以自己的身份（唯一一次）受她的出版商之邀出席。派對在蓋瑞克（The Garrick）舉行，艾略特及史賓德（譯註：Stephen Spender，1909-1955，英國詩人、文學評論家）家族都會出席。不過泰德不在，也許他忘了，或者他正和艾西亞在一起，被她的謊言及虛構之事所耽誤。只要是為了阻止泰德去看妻子或朋友，艾西亞可以把自己變成全世界最有靈感的說書人。

牆上的肖像讓希薇亞覺得有趣又開心。她多麼高興可以遠離這個國家！當她爬上彎曲的梯級，對著女化粧室的鏡子整理頭髮的時候，她瞥見自己那些已經消失了的身分：鄉村的家庭主婦、德汶的養蜂人（戴了頭盔和面紗）、母親與採喇叭水仙的人。當他有名的丈夫在享受來自這塊土地上最有權力的人的掌聲時，她是被隨意驅使的部下。現在該輪到她了！希薇亞將會有一個客廳，用來接待她仰慕或鼓勵的作家——特別是男性。

當她遇見那個足以令她墜入愛河的男人時，除了馬上敏感地查覺到他倆未來的可能性之外，伴隨的還有一種反感及陌生。他看起來穩重踏實，而且絕對英俊。但在他無脂肪的頭上與他修剪過的、看起來還可以的頭髮上，有什麼東西令她想起那個帶給她悲哀的男人。他轉身，那雙又灰又冷的眼睛就像寇德岬上那瑟地方的海洋。希薇亞正嘗試將羅曼史小說賣給女性雜誌，而她也以這種身分與白馬王子相遇。他的確有一副浪漫的外表，不過那個與海灘的聯想則是不幸的。（那個她被送去與史考伯祖母同住的海灘，在那段時間，家庭裡同時經歷生與死兩件事。）

他的名字是賀爾夫（Ralph），而他們談的第一件事，就是關於這個名字的發音。「海夫」，他解釋自己常被這麼稱呼，每每令他想到鬼魂及長久不消失的、幻想的性愛。他有一張薄唇，但當一個英國男人不情願地談到自己與他的工作時，他的嘴唇通常會朝上翹。他曾是她在劍橋的朋友的朋友，在聖波多弗期刊工作數周後，便到北部去加入家族企業，因此只算半個文壇人士。希薇亞喜歡他的嘴唇朝上揚的模樣，說它看起來對它所說的內容不敢確定。「可能真是如此，」他說，「因為我來自一個間諜家庭。」希薇亞的興趣被挑起了，她問了他更多問題。他們一道離開蓋瑞克，在蘇活區維多的餐廳共進晚餐，然後回到阿爾班尼的一棟公寓，皮卡得利一列的出租房間中。這是希薇亞從沒來過的地方，一個給單身者、舊貴族及西班牙紳士住的地方。在那裡，就像是可以想像得到的最自然的事一樣，海夫和希薇亞上床了。

泰德約在一周後注意到異狀，許多次當他來訪時，希薇亞都不在。他知道他們的協議剝奪了她的隱私權，而這令她非常惱怒。起先他認為她出去進行聖誕節的採買，或是去探視朋友。很快地，他必須承認他看到自己妻子臉上嶄新的表情。他看到一種報復後的舒暢——但他也看到，在她極力裝出來的表情之下，隱藏的是一種完全的絕望，一種對他的狂熱需求。她一定在和某人約會，至少一周一次，否則沒有其他的理由，可以解釋她這些時候從這棟公寓消失的原因。而與她約會的那個男人，正驅使她冷酷地面對他。「她不見我的時候，她和其他人見面。」他在幾年後寫給朋友的信上提到。但矛盾的是，即使兩個人都沒能真正看出來，這個他仍愛著的女人生命有了其他男人的事實，仍沒能讓他回頭。發生的事情是相反的。這個名字擁有兩種發音方式的男人，這個有著愛說反話的間諜表親的男人，令這對夫妻決定性地分開了。聖誕時節，情況變得明顯。希薇亞的陰鬱令她必須尋求朋友的協助，並且開始完全依賴醫生。然後冬天來了，伴隨的是艾西亞在時間中發光，就像一盞紅色罩子的臥房燈，你無論如何就是熄不掉它。

惡寒

一九六三年二月八日

雪從懷茲（Heath）高地慢慢往罕普斯提（Hampstead）推進，堆積在人行道上逐漸變成黃色，看起來就像流浪漢的髒大衣，上面還有一些狗尿所形成的小洞。

希薇亞的車發動不了，她公寓裡的水管也沒辦法送水，所有東西都結冰了，除了她心中的那個憂鬱的聲音之外——那個寒冬的聲音嚇走飛鳥，唱著對抗情人甜蜜的承諾歌曲。畢竟，明天是鳥兒求偶季節的開始，希薇亞知道這一點，就像她從詩歌及書本上所知道的其他事一樣。有人從美國寄一張畫了紅心的卡片給她。但英國人還不過情人節及母親節，他們就像希薇亞一樣，生命中只有寒冬。

在倫敦的這個角落，在她的公寓所在的費茲羅伊街上有著什麼東西，誘惑著文字穿過死亡之鄉的雪幕，徐徐向外流出。在這棟泰德與希薇亞一起選的房子裡，是否葉慈的鬼魂仍住在這裡，為她的新詩作提供了日趨完美的視野、死亡之前的絕佳風景？那些葉慈見過並信仰著的幽魂，是否已由塗黑眼圈的靈媒布拉凡斯基太太傳喚，越過倫敦下雪的山丘，附在希薇亞身上？當她為她的孩子們倒牛奶的時候，她總會想念起她所失去的那塊土地上的舒適與便利：溫暖的氣候、母親廚房裡的大冰箱；冰被馴服成塊狀，而不是生長在窗玻璃上，或是在鉛管裡把鉛管堵死，也不會在懷茲高地的水塘邊形成一圈足以令人失足致命的滑溜邊緣。當她凝視著這杯濃稠的液體，有時候希薇亞可以感受到之前住在這裡的女人的氣息。那位愛穿紫色與藍色，被一位詩人所愛的女人。一團白雲在屋裡飄動（透過黯淡的窗戶，它看起來是灰色的），那是一個白衣女人慌亂地往樓上飄的身影。但大部分的時候希薇亞是孤單的，冰封的街道冷漠地拒絕希薇亞。修剪過的樹像女巫的帚柄般挺立在預兆著更多雪的陰沉天空下。人們的表現也像那些熄了燈的房子般冷漠，似乎沒有人想見這個美國女人，這位臉孔蒼白、恍惚，頭髮因為缺乏清洗，在燈光下煥發金屬色澤的女人。這是該丟棄棕色松針的聖誕樹的最後時節，希薇亞從德汶移株的喇叭水仙都被凍僵了，像腫脹的手指般的新芽頑強而艱辛地冒出地面，看起來病奄奄的。這些花是希薇亞為了重回與紀念自己和泰德在一片盛放的黃色水仙花中快樂徜徉的畫面而種植。

為了水仙花、鬼魂及孤寂等因素，希薇亞將辦一場派對。車子將被發動，放在她潔淨的公寓臥房裡的晚宴服終於被找出來。在她的小化粧箱裡，所有她出席「很重要的聚會」所需的行頭都在裡面。「很重要的聚會」，她這麼告訴她的朋友貝克夫婦，並請他們務必把星期五晚上空下來。用髮捲把頭髮吹得像從前一樣閃亮捲曲，鮮紅色的唇膏發出光澤，她看起來就一位從女性雜誌的頁面上走下來的女人（那些一貫探討這些題目的女性雜誌：如何捉住他的心！如何留住他！如何看出他是否愛你！）睫毛膏則是防水不脫落的，好的牌子都應該如此。小旅行袋中的衣服被一陣翻動，就好像引擎終於開始興奮地發動。然後它又熄火了，因為希薇亞關掉點火裝置，然後砰地一聲關上門。為什麼她下不了決心？而且，那個令她必須費力打扮的「重要聚會」到底又是什麼？

當然，問題是孩子們。如果媽媽去外頭跳舞，這些孤兒如何活下去啊？她那個當家中有不尋常的事發生時，將她送到史考伯外婆家的母親又會怎麼說？不正常、超乎常理、不自然、猥褻——如果希薇亞的母親知道她女兒目前的生活如何扭曲！如果她可以讀出那些信的言外之意！但希薇亞知道如何隱藏事實，讓她的母親無從解讀。她必須是完美的。孩子們必須是乾淨、聰明、靈敏及出色的。每個人都知道，希薇亞可是個完美的母親。

但她已經沒有母奶，那片原本白色的海洋目前一滴不剩。在希薇亞的夢中，她的乳房碩大，在她的胸前跳動著。在聽到嬰兒尖銳的哭聲後她回到現實，急忙到廚房去。她記得那裡原來還有大約兩杯牛奶，只有床上那個大的孩子需要一杯。她怎麼可以離開他們？她真的有必要在這裡舉辦那個「重要的聚會」嗎？

總是有些障礙啊，如果朋友們要求她放鬆、給自己找點娛樂，希薇亞打算用樓下那個性情乖戾的老人當藉口。好像她真的有資格給自己找樂子似的！特列佛・湯瑪斯教授就埋伏在此，在整棟樓中放出他的憎恨，就好像臭鼬放出它的毒氣般。湯瑪斯不是想要他們馬上付了現金，以確保能夠租到的公寓嗎？結果丈夫跑掉了，太太則讓凍破的水管和堵塞的浴缸，把房子弄得到處淹水，他現在做何感想？難道他不認為他有權租下那些房間，讓他那些已成年的兒子們住進去？當她正向陌生人微笑與交談時，他會把她的孩子們帶到森林裡去，讓他們自己在裡面迷路回不了家。

這一次，希薇亞的朋友茱利安和蓋瑞・貝克都看得出來，一切的情況都和以前不同。晚宴服及化粧箱收進車子裡，希薇亞已經在貝克家過了兩個晚上，睡覺、吃飯、大聲嚷嚷——而睡覺的目的，不過是為了醒來後再次大喊大叫。希薇亞的小孩現在有貝克家小孩的陪伴及茱利安・貝克的照料，再也沒有任何事情可以阻止他們的母親去參加那些「重要的聚會」。當他們從艾斯靈頓（Islington）的家（與費茲羅伊街二十三號只有數哩之遙）門外的階梯上向希薇亞揮手道別時，貝克夫婦著實鬆了一口氣。但他們懷疑（如果不是大聲地彼此提問），為什麼不管到那裡，希薇亞都帶著她的晚宴服，簡直就好像一位正在舞台上表演的女演員，正笨重地穿著她的全套戲服到處移動？為什麼她總是帶著化粧箱，去參加那些與其說是「重要聚會」，不如說是一個為了歡樂而舉辦的派對？貝克夫婦私下期望如果那個聚會是與泰德見面，真正重要到任何細節都不可放過，以說服他回心轉意，他們的懷疑將馬上煙消雲散。

希薇亞小心開過門上鑲了藍色的銅牌以榮耀葉慈的房子，等著兩個穿了羊毛大衣禦寒的女人走過街道的盡頭，之後一切又重歸空寂。她將車停在薄冰上，雪地是一種男人的鬍子沾上茶水的棕色，在她屋外的人行道上並未融化。引擎發出相當大的咆哮聲，地上的踏墊被拉捲成一團，這是她每次開車一定會發生的事。特列佛・湯瑪斯教授在那裡——當然他在。通常她對他這種偷窺刺探的行為，及其後跟隨著的，湯姆斯慢吞吞拖著腳步回公寓的動作都會大發雷霆。但這次希薇亞一點都不動怒，她有更好的事情要做。因為寒冷而使金屬凝縮，堵住了床上化粧箱的鎖頭，希薇亞費了些工夫才打開。椅子上有一大堆緋紅色的楞條花布，這是希薇亞的房間還未縫完的窗簾。衣服終於從旅行袋裡拿出來，這些衣服隨她去過貝克的家，又被她帶了回來。金屬質感的藍黑色晚宴服在頂燈下閃耀著光彩，希薇亞將它圍在肩上，在鏡子前面轉了好幾圈。

當所有事情顯得過度完美，這個「重要的聚會」終於即將執行的時候，反倒是希薇亞像往常數次一樣猶豫，覺得約會必須改期。她會將這個計畫擱在一旁，然後在紙上重作安排：她會寫出一首新的詩。什麼樣的作品，什麼樣的生活，是性驅使她把晚宴服貼在身上微笑——她還是這麼苗條與年輕啊！她需要性愛，就像大屠殺之夜在路比街所發生的那樣。自從泰德像德國童話裡的那些兒童一樣，跟隨著吹笛人艾西亞七彩的神祕氣息及香氛而去後，希薇亞開始她生命的寒冬，但性愛將會燒掉她所棲息的冬天寒冷黑色的氣息。

她現在必須馬上出發。她可以感覺到泰德正在打點自己好來看她。「我只在費茲羅伊街待了一下。」他會說。「她說她要去度周末，所以得鎖上公寓。」希薇亞可以想像那些藉口。在他來的時候，她已經可以感受到他終將離去，這最後的決定、判決，關係她餘生所有幸福的行動。她將一捆紅色的楞條花布從肩上甩下來，那塊布在地板上流淌成一條血紅色的河流。純白的房間從鏡中對她咧齒而笑，好像那面鏡子可以看到不存在的未來，看到自己逐漸蒙塵沾污，最後被覆上一塊白布。希薇亞死在這個房間裡，在這個城市裡的小山丘上，更高一點的地方，雪花落在地上仍然潔白不受任何沾染。她必須逃離，逃離白色世界，進入鮮血的紅色之中。

這一次似乎連車子也變懂事了，很平順地展開這一趟從罕普斯提到地獄的旅程。希薇亞站在輪胎邊，她今晚要去辦正經事。（這一次特列佛・湯瑪斯被瞞騙了，他沒聽到引擎聲，也沒聽到她發動時冰塊在水坑中被輾碎的聲音。）當她抵達蘇活區時，她那身晚宴服讓她看起來一點都不像個值得尊敬的、鄉下的、被小孩逼得透不過氣來的女人。三天以後，事情會被描寫成「泰德目前在蘇活區的住處」是希薇亞必須去的地方，而且她必須從這裡把他搶走。她的後車廂放的是她平常上街穿的衣服和鞋子，但至少她確定自己的臉上了粧，嘴唇飽滿又鮮紅，而且頭髮漂亮地上了捲。

希薇亞的接近，在公寓裡引起一陣騷動，就像收音機的干擾訊號聲般。雖然她不該出現在此，但他仍能感覺到門把上通過一組電流；瘋狂的訊號從街上的霓虹燈流入窗內；以及艾西亞進屋之前，在屋裡突然撒下的一片陰影。艾西亞穿著一件閃耀著火焰色澤的絲質睡衣，叉腰站在他面前，問他為什麼到現在還沒出門。「別待太久！」她大可說梵文或像隻彩色的金剛鸚鵡般吹口哨。金剛鸚鵡，這也正是泰德目前看著她時的聯想。但他仍被吸引了，留連在那個他為她創造的世界——縱慾與誘惑之地，肉慾的市集。

「你會告訴她，對吧？」一如往常地，艾西亞造作的騎士橋（Knights Bridge）腔調與她異國風情的外貌完全不搭調——因為這些因素，她的情人極少有機會發現她的聰明及個性。「你答應過我你會告訴她的，求求你，看在上帝的份上！」

泰德的眼睛看著日益豐滿的艾西亞，她碎步的走法、驕傲地伸展著的肢體，以及突出的腹部。泰德知道，這個胎兒會殺了希薇亞。艾西亞的嬰兒——他在他的想像中停留了一下——嬰兒在她的臂彎中，霓虹燈在他無光澤的頭髮及緊閉著的雙眼上閃爍著。他顫抖了。但他答應過艾西亞，而且現在時間已經遲了，他得馬上出發，他忘了他曾感覺到希薇亞正在來此的路上。他將那個糾纏著他的想法打發走：這不是希薇亞應該知道的事，絕對不是。

「是，我當然會說。」他看到那隻被他追獵與殺戮的野兔，它的血噴到花園以及他的情人手中那束盛開的花上。凶兆及惡夢浮在空氣中，屋裡的氣氛凝重得化不開。這層公寓只能屬於他一段短時間，他與他如此熱烈而災難性地愛著的女人遲早必須離此繼續前進。他可以看到他們兩人日漸貧窮，一次又一次地搬家的景像。他靠過去親吻艾西亞，然後走向門外黑暗的階梯。

當門把上的靜電令泰德大大吸了一口氣時，他們兩人都知道，這股電流來自希薇亞。在那股刺痛由手指直接傳達到他心臟的那一瞬間，泰德知道他愛著希薇亞。

希薇亞很艱難地停好車，這個奇怪的地方，路燈如此明亮，雪不是都融了，就是從沒堆積過。但畢竟這裡是地獄，妓女們的鞋跟沿著人行道一路敲著，在突來的靜寂中變成一陣噪音。好了不起呀，這部值得信賴的車！看看她把我扔在哪裡啊？在這未來三天內，在所有的行動、承諾及語言都將被譯解或誤會後，還會有人找到這部車嗎？或者這部車子將消失、被埋在土裡或被輾成廢鐵後丟棄，就像死亡在這個罪惡之地所進行的一般？希薇亞沒有心情在乎這些事，她和泰德都知道她的故事只可以有兩個結局：一個是愛，另一個是死。她忘了車子拋錨何處，那又如何？

在蘇活區，每一件希薇亞在費茲羅伊路白色的荒原渴望著愛、夢寐以求的東西都是紅色的。這裡到處都是性的氣息：漆黑的建築上面十呎高的紅色霓虹招牌；紅色錐狀高跟鞋走在路上的嗒嗒聲。餐廳裡紅白格子的桌布已經鋪好，準備要上大蒜、法國麵包與紅酒，一道充滿性愛的承諾與氣息的晚餐。她發現店鋪旁的門，並推門往樓上走，一瞬間希薇亞幻化成她的替身，那個膚色黝暗、充滿性魅力的女人。

泰德（她知道他一定會在）也正從那道滿布灰塵的樓梯朝她走來。

他們兩人同時停下了腳步。艾西亞正靠在窗戶上，向他那位偷來的愛人飛去最後一吻。她看到希薇亞，尖叫聲馬上充滿這一條狹窄彎曲的街。

泰德微笑，一個神經質而迫促的笑容，就像小孩子在白板上的塗鴉一樣飄忽不定。

「上來！」他說。

希薇亞一走上樓梯，他就知道他們三個人都處在極大的麻煩之中。顯然她有備而來：

她的頭髮上過捲，而且露在她那件最頂端沒扣釦子的外套下，是一件金屬色澤的藍黑色衣服，對泰德而言，這是所有麻煩開始的象徵。希薇亞要到某處去——的確，她自己宣稱她不會待太久。（完全沒有任何的迂迴曲折，就在這個布滿灰塵，還散出來自一樓餐廳的大蒜與紅酒餿掉的酸味的樓梯上。）「有人在等我。」她說。門微微地開了一條縫，她將手放在門上，好像（這個想法來到他的腦中）她正在推開一道墳墓的入口。「我要去參加一個特別的英式聚會。」希薇亞懶洋洋地說，他知道她在摹仿艾西亞愚蠢而傲慢的聲調。「那地方叫亞巴尼，一個即使花錢也進不去的俱樂部。你得有外交官身分或至少是大學校長才行。」

那個沒受多少教育，穿著希薇亞的夢中看到她穿著的霓虹顏色的艾西亞，聽到希薇亞說的「大學」這個字眼，憤怒地站起來猛力拉開公寓門。她和艾西亞站著互相瞪視，深知自己恰是代表德國永難忘懷的歷史的不同兩面，讓她們交融於痛苦、慾望及對記憶的抗拒之中。「你知道那個地方嗎？」希薇亞問泰德，他還在階梯上，情緒緊繃，後悔自己沒有早點離開，主動依約到費茲羅伊路去，好主導整個情勢。但天氣那裡冷，他又看到窗外下著冰雹，然後艾西亞又拉他到床上去希薇亞他把這些想法拋開。在樓梯被遇上的這一幕，也讓他想起在德汶的那一次，當電話鈴響時，他為了搶接通姦的電話，就像一幕家庭喜劇般頭上腳下地摔下樓梯，幾乎送命。他記得希薇亞的母親也在廚房的門前看到這一幕。

「喝點東西。」泰德對希薇亞說。他已經進門，並注意到她拒絕抬眼看房間的裝修（而這一向是她極有興趣的事），目的只是要對他們表現出輕蔑。他希望她別再繼續談亞巴尼的事了，艾西亞已經表現出階級恐懼的前兆，她弓起背，吐出一口長長的、敵意的噓聲，好像那些有關特權的想法在此已經失控般。事實上，泰德疲倦地想著，事實上艾西亞比任何人都意識到她社會上的階級（如果她有的話），才會如此熱中於和他結婚，成為一個詩人的妻子，對她已經是一種被承認與光榮的表徵。

「你為什麼要見我？」她向著與二月的夜晚共生的黑暗發言，聲音越過整個房間。在冰冷的罕普斯提，她早已看慣雪的反光，但雪在此卻缺席了。「因為順路，所以我就自己來了。」

這個僵局永無止盡，希薇亞的丈夫或他的情婦都沒有勇氣說出那件事。像許多因為丈夫的遺棄而受責的女人一樣，希薇亞悲慘地遲疑著，凝視著自己內在那個因為不確定及自我厭惡所形成的缺口，對於這個與他結婚的男人，她同時擁有愛恨兩種情緒，這令她再度變得軟弱無力，真正的人性融化了勉強維持的冷靜。三個人沉默地站著，希薇亞拒絕她的葡萄酒時，她的手又搖了一次。當然，看到艾西亞的情況，她馬上就知道一切了——她的羞恥、罪惡與歡愉。除了像個白痴般重覆著她要去皮卡迪利外，她不知道還能說什麼。對希薇亞而言，她現在只能離開。她補充著：「我搭計程車去。這條路上那裡可以叫得到車嗎？」她真的不想開車。

今天發生的這一幕改變了某些人的人生，是這一場悲劇中最關鍵的一幕，卻被一個現實性的插曲突然打斷了。泰德抓住希薇亞的話鋒改變話題：「如果是這樣，」泰德說，「我會開走車子，星期一開回去給你，行嗎？」

「你不留下來嗎？」艾西亞說，聽起來幾乎是誠心誠意地。也許她是。這兩個女人的命運已經結合在一起了，哪個人都很難抽身離開。而且，她們對泰德將話題轉到車子上去的作風都很不滿。

這一次，希薇亞沒有任何遲疑。她知道也許這是她唯一的機會，可以給眼前這個異國風情的陌生人一點顏色瞧瞧。她那些有關猶太神祕哲學的書放在窗邊的桌上，床邊則散落著希伯來詩集，但希薇亞不會看那張床一眼。

「想都別想！」是她的回答。她快速離開那個房間，艾西亞的痛苦及怒火緊跟在後，直追到樓下那扇被破壞的前門後又尾隨到街上去。

希薇亞忍耐著，有關艾西亞懷孕的事實，像一隻冰柱或毒針般刺入她的身體。她找到一輛計程車，以一種緊縮的、受過打擊的聲調報出地址。有生之年，她絕不容許這個尖銳而苦悶的尖刺進入她的體內。她會帶著它，扮演謀殺事件中的受害者，知道自己絕不可能從痛苦中得到解脫。她在叢林裡，這個叢林遍地爬滿了以冰做成的動植物。但是她同時擁有一種恐怖的幸福感、一種喜悅，在蘇活區沉默地面對這個明顯的結局之前，畢竟還有一個復仇計畫在等著她。她如此愉快，她對自己說，因為她早就把一切都安排好了。

計程車來到亞巴尼外面，她付了車資後走進去告訴門房（她覺得這裡看起來像個男子中學，而訪客有似乎義務要通報）她要找的是那個房間。

命運和她作對，今晚天色漆黑，街道全結了冰，而希薇亞只草率地穿了一件不夠禦寒的外套，以及一件藍黑金屬光澤的晚裝而已。她就這麼走去麗池飯店，她會要求那裡的門房幫她找部計程車。

她回到貝克夫婦位於艾靈頓的家時已經相當晚了。依據那位年長而通達世故的門房的說法，海夫不在，他今天稍早就啟程到摩洛哥去了。但這又有什麼重要呢，她收下這個命運的新禮物，這件數千根頭髮編成的新馬甲，每一根都緊緊地吸附在她的肋骨上拔不下來。海夫是同性戀嗎？俱樂部、摩洛哥旅遊等事情都在暗示這件事，不過希薇亞不在乎。重要的是，她得將她剛知道的那件事保守祕密，獨自承擔。在貝克夫婦面前她清醒又鎮靜，當未來的三天內問題被重覆提出，問及休斯太太的精神狀態時，他們將會記得這些。

她看起來已經對某事下定決心，好像一件長久困擾她的事情已經解決了一樣。這是貝克夫婦對那些問題的回答。希薇亞當時很冷靜，他們悲泣地強調，完全迥異於她從費茲羅伊路開車出去之前的那種失落與悲悽。不，他們想不出來她有可能把車子停在哪裡。

樓下的老夫妻

湯瑪斯教授對那個年輕女人及她瘋狂的行徑已經很厭煩，更別提她那些無止盡的抱怨了。購物，天氣，幫忙看小孩的女孩又遲到了……，對這個妻子與母親而言，生活中的每件事都是麻煩。有一天晚上，她還很熱中地向他表明其實她是一本書的作者，而不單只是休斯太太的身份而已。她的丈夫和一個邪惡的女人跑了，這關湯瑪斯教授何事？某種程度來說，這些聽起來都像是杜撰的事。自從有一回他發現她竟然在剛入夜時，獨自在寒冷而黑暗的車中坐了不只一個小時，他就知道她的精神不太正常了。他應該可以租下她的那層公寓，給他自己和兒子們住才對。如果這種瘋狂繼續下去——侯德大夫照料教授及這個地區大部分的人，他給過希薇亞抗憂鬱劑，這是教授翻垃圾桶找到的證據。在這種殘暴的天氣裡，沒有人會來清理垃圾桶。——如果這種瘋狂的行動持續下去，他確定她會搬走，而公寓就會是他的了。當他不怕麻煩地越過滑得像溜冰場的費茲羅伊路，問她是不是那裡不舒服時，那個瘋女人這麼回答：「我只是在思考。」。只是在思考！一個小時在沒開暖氣的車內！湯瑪斯教授懷疑自己也許應該打電話告訴侯德大夫整件插曲。但她最需要的其實是她的丈夫，教授有意要召喚他來，並建議他們都搬出那層公寓，這可能比侯德大夫管用得多。反正那根本就是作假演戲：兩個人本來都要搬進來，但現在那裡就只剩那個自戀的女人和她的孩子們而已。

今夜，湯瑪斯教授很高興他不用打電話給侯德大夫或休斯先生。他很容易就可以察覺休斯先生是否來訪：他的脖子上圍一條很戲劇性的黑色長圍巾，而且當他走在這條街上，老湯瑪斯可以聽見那位妻子穿越樓上的木地板，來到窗前向外看著他的丈夫。真是很悲哀的一幕啊。

今夜，二月十日星期天，教授沒看到那位丈夫靠近——那時很晚了，四周又黑，而且很明顯地，休斯太太沒到窗前向外看。她不可能在等他來，不過教授倒是強烈希望他們會達成一些新的協議，然後搬出那層公寓。稍晚當門鈴在這麼遲的時刻響起，這是有事情發生的徵兆。不過這也代表了如果教授把頭擱在門上向外看，他得很小心不要被人瞧見才行。現在不是討論不動產的時刻，這一點連他都看得出來。

休斯先生很快地上樓，他那條戲劇性的黑圍巾拖在後面。很滿意自己沒被看見或聽見的教授關上門後坐下。他總覺得樓上的女人今晚很不尋常，而且他知道侯德大夫也很擔心她。

聲音開始了。聲調開始提高後，聲音滲過樓地板傳下來，然後越來越大聲。兩個女人的聲音——這點他可以發誓，儘管他也同意休斯先生所說的證詞：他在二月十日星期天剛入夜後短暫地探視了他的妻子，他走後，她也很快地出門了。湯瑪斯教授不想惹麻煩，而且對某人來說的早，對另一個人可能已經算相當晚。

女人們在吼叫，其中一個的聲音他認得——發出那個瘋狂聲音的是美國人，對吧？他聽到哭聲，更多吼叫聲，一陣冗長又熱切的發言後是一陣短暫的沉默。講這段話的是一個女人，他從沒見過或聽過她的聲音。她不可能是休斯先生，因為她一直在談她的胎兒，完全不可能是一個男人會說的話。然後兩個人都哭了。湯瑪斯教授直到最後一刻才打開他的門，剛好來得及瞥見激動的訪客。不過當休斯太太在吵鬧的訪客離去後約十分鐘下樓，問他可不可以向他買些郵票時，他覺得這一切實在太過火了。郵票！在這種時候！休斯太太堅持付了郵票錢，一邊談到上帝以及她的良心，剛剛在這棟通風良好的建築物裡製造了一些可怕的狀況。

真的這就是湯瑪斯教授記得的所有事情了。當然他還吃了一些其他的苦頭，清晨當瓦斯從樓地板滲下來，就好像早先那些聲音飄下來時，他在睡夢中也吸入不少瓦斯，導致他不得不向他兼差的畫廊請了兩天假。這位老先生得到一些安慰，即使大部分的話都是渴望問出在她死亡後又發生了什麼事。

那個男孩獨自在山谷高處的岩架上跳舞，他的雙足移動了一些小碎石，它們像火箭般紛紛滾落山谷的一側。當他跑的時候，他的身體越長越大，呼吸越來越急，並在他了解自己人生的責任與苦惱之後突然透不過氣來。在這北方的荒野，薄暮來得相當遲，彼時他已是成人，拖著腳步一路下到教堂的庭院以及那座裝飾著貝殼的墳墓。現在他既不是男人也不是男孩：他身上長出像雄鵝的灰色大翅膀再次帶他飛上天，乘著一團迷失的氣流，回到那個位於南方的大城市，回到那個他再也不能愛的女人身邊。

然後他醒來。這裡顯然有過一場派對：半空的杯子，杯緣有一圈紅酒留下來的血色。柔軟薄紗及絲質的披肩四散，一件波斯長袍讓艾西亞看起來像一個脆弱的繭。光線射入室內，就像昨天與前天的情況一樣，但對希薇亞而言，這是永遠不會再見的景像。泰德再度入睡，去見那個獨自在岩架上跳舞的男孩。

護士的說法

正當雪融的季節，在費茲羅伊路的庭園中，番紅花第一次從被寒冷凍得奄奄一息的草地上冒出來，花朵陰森的顏色，和那些來啄它們然後飛走的鳥很相似。兩個女人走進屋裡，第一個女人是護士，她有一張知性的臉。第二個女人，伊莉莎白，據說是希薇亞來自德汶的老朋友。第一個女人帶了一隻黑色的袋子，她應該不是一位小兒科的護士，因為孩子們整天外出，可能今天也不會回來。當她站在階梯上按電鈴，像她袋子裡的紗布及棉花一樣雪白的白雲聚集在頭頂上，她注意到一樓房間的窗簾仍是拉上的。一個女年輕女孩應了門，護士猜她應該是住在這裡幫忙家務的人。護士進屋、上樓，那年輕女孩馬上跑到街上去。護士在樓梯上稍停片刻，彷彿那個住一樓的老男人的氣息——一種來自他那種快速，擺動手肘的走法，以及他熱中於窺視的眼神的氣息——曾徘徊在此，並且失去控制般地不斷在這個發生悲劇的屋裡飄著。

然後她沿著那個曾經搬運過死者下樓的階梯繼續向上走（那是三周前的事了，不過護士對此倒是一無所知，她為了另一個女人而來。）她在黑暗中走向臥房，一捆縫了一半的緋紅色楞條花布仍在床頭的椅子上。當她進房間，她聽到動物園的狼嗥從街上那座樹葉已落盡的公園裡傳來。目前躺在床上的女人不是這層寒冷而難以親近的公寓的女主人，也不是縫製那些原本要掛在起居室的楞條花布的女裁縫師。她在這裡是個陌生人。但對於這位第一次且唯一一次造訪的護士而言，她當然不會知道這件事。這個房間的頂燈燈泡太草率地被插入座中，正在頭頂上抖動個不停。護士不會知道，這個躺在床上的女人以為她人生中最恐怖的惡夢成真了。這位小紅帽，她的父親的最愛，父女兩人又愛又怕的童話故事中的女英雄，她正空虛地躺著，屋外有狼群越過公園，在三月紫色的薄暮中嗥叫著。小紅帽的故事再次被扭曲了，而且這一次不會出現快樂的結局。

護士手腳俐落地料理著威比勒太太——他們曾告訴她，這是她雙親的姓。

馬鐙鐵的印記仍清晰地留在艾西亞的屁股及大腿上，護士替艾西亞按摩骨盤，然後在她身邊與冰冷的洗手間之間來回跑。一個流著淚的漂亮女人：長了雀斑的皮膚，好像被撒哈拉的傾盆大雨洗過；黑頭髮有如一匹壓平的窗簾，上面是陷入致命的戰爭遊戲中的蒼蠅及蜘蛛圖案。她的眼睛仍濕潤地含著淚光，美麗的灰色睫毛上有一圈黑色的縫邊，無助地朝上看著她——很難說那是善意或輕蔑的眼光。「轉過來，威比勒太太，做得好！」很多流產的意外就是這麼不小心發生的，這位護士懷疑瑪黑大夫的診所是否該再一次為這一切混亂負責。臥房門被打開，一個男人進來；樓下的門鈴在同時響起，長長的鈴聲肆無忌憚地侵入整個空間。護士還沒有機會正眼看這個男人，他彷彿一個高大英俊的伐木人，進來救小紅帽逃離危險。但她有一股不知從何而來的感覺，覺得這個男人也許是一匹狼，會在假扮受害者的時候吃光她的內臟。床上的女人看見他，她大叫，然後喃喃地念著雙親的名字，令護士擔心她是否在發囈語，可是體溫又不見得升高。男人沒有回答，他轉身向外走。應該有人打開前門進屋，可以聽到腳步聲上樓一直走到廚房。為了回應泰德的注視，護士聽到有人在談那些狼，說牠們如何嗥叫整夜，令她不能安眠。喃喃的埋怨之後是一陣沉默，護士可以猜想到兩人目光的交會。然後泰德的聲音，這一次粗暴刺耳，在悲歎中雜著怒火：「畢竟這只是個意外。」

護士來到廚房時才看到新訪客，原來是一位氣息輕柔、面孔仁慈的美麗女人。其他在場的還有家中幫忙的女孩，護士發現正是這位年輕女孩開門讓這位女士進屋。這棟屋子的一樓連大白天都拉上灰錦緞窗簾，室內光線就像破曉時一樣朧朦。護士忙亂地跑到水槽邊裝滿水壺，廚房裡有太多女人，她得挨著身子擠過那位高大英俊的男人。男人正與新訪客伊莉莎白．坎普頓在談話，她顯得既擔心又悲傷。「我很遺憾。」她說。「我真的很遺憾。」她用眼光找尋小孩子們的蹤影，然後她的肩膀垂下來。「門是關上的。」那個伊莉莎白稱呼他泰德的男人說。然後他又重覆了一次，這次加上了手勢。「那扇鋼門是關著的。」他拿了一本書給她，護士看到書的封面上寫著《瓶中美人》（The Bell Jar）。當泰德說：「希薇亞把這本書題獻給你。」時，那個叫伊莉莎白的女人正在擦眼淚。然後他轉身離開，回到樓上那個受傷的女人身邊，她在半睡半醒間回到柏林的某條街上，即使哭叫著，她的父親再也救不了她。慈祥的女人看著水壺被放到壁爐架上。護士在找火柴點瓦斯，當黃藍間雜的火焰在突來的靜寂中發出一陣嘶嘶的咆哮聲，她聽到那位訪客短促地吸了一口氣。發生過什麼事嗎？護士心裡暗暗疑惑著。有些家族會把東西到處擺，連火柴都不容易找到。不過這一家把火柴就放在爐具上方的架子上，正是每個人會去找的地方。火柴只剩兩三根了，而這位高大的男人看起來對家裡的生活必需品不太留意。這位護士當然不知道，休斯太太曾跪在她目前站的位置，把一件摺好的衣服放進烤爐架上，然後把自己的頭放在衣服上並扭開瓦斯。她沒有用火柴。「孩子們呢？」仁慈的女士問，彷彿是故意要用問答來掩蓋瓦斯爐上太刺眼的火光與嘶聲。

那位寄宿的女孩說他們都出去了，但她沒說和誰出去，也沒說他們什麼時候回來。

「她在這裡。」女孩繼續。那位護士並不專注在她們的對話上，她走到窗邊，看著外面夾雜著雹與霰的白色雨幕。雨幕打在屋頂上蓋住了整條路面，鏡子上也生了一層白色的霧氣，彷彿是被一條白色的毛毯蓋住一樣，一切的情況，就和女詩人死掉那天的情景一樣。「誰？」仁慈的女人問，若有所思地看著那道通往樓上的階梯。「噢，威比勒太太。」女孩回答。「她在樓上的臥房。」那位面孔仁慈的美麗女人似乎了解了，她瞥了護士一眼，又把目光轉回正在沸騰咆哮的茶壺上，那個聲音在窗戶緊閉的廚房裡左右衝突。護士舉起放在爐具旁的熱水瓶，一邊關掉瓦斯。「她怎麼了？」訪客想知道。女孩轉著眼睛，然後說：「哦，你知道的。」護士終於覺得有義務要說點話了：「你不能讓一個好女人失望。」

護士邊轉開熱水瓶的紅色橡皮蓋，把滾水倒進瓶身裡，一邊回答那個女人。瓦斯關掉後，廚房重歸寂靜，護士站到窗邊，好讓那位英俊的男人可以從狹窄的樓梯走下來。他手裡拿著一本書，眼裡淌著淚，她只好靠著窗櫺，看著外面的景色。雨景看起來像小孩在灰色板上的塗鴉，中間有老湯瑪斯教授走出房子過馬路的朦朧身影，護士懷疑他是否知道這個奇怪的家族背後隱藏的故事。等到她上樓進臥房，將溫暖的水瓶包在粉紅色的袋中，捂在她的患者的胃上方時，她已經忘了一切關於他的事情。十分鐘後她離開，雙眼直視前方，而英俊的男人仍在廚房裡流淚自責，向那位仁慈的女人懺悔一切。「謀殺一個天才並不是一件尋常的事。」他說。護士離開了，她說她明天會再來，或者會是另一位當班的人來，就看這些外派護士的值勤班表而定。

秘書的說法

你不能讓一個好女人失望。聽起來像廣告上的詞句，由艾西亞目前服務的代理商華爾特湯普生（J. Walter Thompson）所撰稿。珍妮佛將與艾西亞往後七年怪異而淫亂的生活有關，但目前她只是為同一個代理商工作的「卑微的秘書」，而且她從沒遇到一個像艾西亞．威比勒這般聰明、有魅力而且極度美麗的女人。

她應該曾經有一個過一位丈夫，或是一個男朋友——或者兩者——但她絕對不會談這個話題。對珍妮佛而言，聽艾西亞談話，就像打開一張捲起的魔毯，所有的寶藏紛紛撒落。另一些時候，則令人想到一則評價很高的廣告。這位可愛的女人，她的生活及光鮮亮麗的外表，讓你不想令她失望。（但即使珍妮佛對這些小徵兆不太在行，她仍看得出沮喪在艾西亞深黑的眼睛下方所形成的兩道半圓，而且浮出的青色越來越擴散，就像在水中滴入石油般。）

珍妮佛其實也可能看到艾西亞精神上的傷口，不過她從未如此敏銳。這裡曾有辦公室，辦公室機器，以及每當新奇的點子被想出來的時候，圍在艾西亞桌邊鬧哄哄的興奮及笑聲。她聰明且有永無止盡的創造力，那是一段活潑的時光，他們製作了米粉頭的金髮妞在克里文登游泳池旁的廣告，以及一位內閣總理的情婦坐在曲背椅上所拍的裸照。艾西亞可以嗅出新時代來臨的氣息，她自己便曾是新時代。她脆弱易感、利己主義，但同時不吝分享愛與同情，就像雜誌上所宣揚的新時代典型女性。

今天珍妮佛與艾西亞正在一個昂貴的餐廳享受她們每周例行的午餐。整周以來，這位女祕書默默地仰慕艾西亞，等著艾西亞迅速把她從辦公室拯救出去。聖佛列迪亞諾（Frediano）？梅莉迪安娜（Meridiana）？還是國王路上的阿瓦諾餐廳（Alvaro's）？答案揭曉了：她們到卻爾西（Chelsea）去！這就是艾西亞，那是她喜歡去的地方。艾西亞塗黑的眼圈和一泓清淺湖泊般的眼睛，鑲在她點綴著雀斑的臉上，是國王路的餐廳及商店的異國風光。

如果在艾西亞身上不易見到不耐煩及憂傷的混合的震顫，那是因為除了最細碎及最抽象的方式外，她從不談與未來或現在相關的任何事件。

在這個陽光普照的周二，當她和珍妮佛坐在麵包籃及胡椒罐旁邊，躲藏在渴望著艾西亞的美貌的世界之後，她一再地談著過去——她的童年與家庭，她的美貌及神秘感全源自於此。在她的故事中，她的父親隆亞是一位俄國的王子。桌上包著菠菜與瑞可塔（ricotta）起士的義大利麵在盤子裡一口都沒動。珍妮佛凝視她，傾聽，然後又凝視著她。「他從俄國逃出來，他的紅寶石及其他值錢的東西全埋在一個冷霜瓶裡上了火車。但當他停在邊界的時候……」然後是從柏林逃出來，講到這一段的時候，她的臉變得同情、理解而富想像力，一張不需任何矯飾的完美容貌蒙上陰影，因為艾西亞也參與了逃亡。「我們趁黑夜離開，我的姑母遲到了，在車站……」這張完美的臉沉入光圈外的一片黑暗之中。「讓我向你解釋我的父親在森林裡做的事，蘇聯革命前他在獵熊……」珍妮佛回過神來，繼續凝視傾聽著。

每次這種午餐場合一定會出現一個小說的計畫（珍妮佛說她每回都被艾西亞那些多彩多姿的故事給下了蠱。），每次艾西亞一定會有新點子，為她們的午餐增色不少。今天的靈感則來自艾西亞正用著長湯匙挖著的咖啡冰糖，引起她一個不實際而且瘋狂的想法。「我們需要，珍妮親親，一個舊的冰箱」她刺耳的腔調稍向下捲，發出德文的R音。「一個冰箱，和一個夠大可以運載冰箱的卡車。你一定認識什麼可以提供的人吧，珍妮？」

「做什麼用呢？」珍妮問，一個侍者擦著她的身體走過去（當她坐在艾西亞的身邊，幾乎沒有人會注意到她），讓她的杯子在桌上顫危危地晃了一下。艾西亞甜美地笑著，她深棕的膚色和她所點的飲料神似。「噢，珍妮，當然是要發送冰淇淋給罕普斯提・懷茲的孩子們。孩子們會喜歡的，你不覺得嗎？免費的，當然完全免費。」

珍妮不認識任何擁有冰箱或卡車的人，但她的心中已經看見這個美麗的女士像森林中神的使者般站在懷茲，在綠色的長日中，因為熱的微光而顯得朦朧。然後她見到卡車搖搖擺擺地前進。（但她到那裡去找一輛卡車呢？她覺得自己配不上這位失落了國家的公主，這位獻身於廣告業的安娜塔西亞。她如何能肯定這些午餐的約會可以繼續下去？）「別介意，」艾西亞說，她的朋友看到她的眼中充滿了淚水。「我那麼愛小孩。我年紀相當大了，珍妮。你覺得我幾歲了？」

珍妮佛記得這一切——但這些午餐的約會變得越來越少，填補記憶間隙的，則是白色的卡車與幻想中的冰淇淋慶典。很久以後，當艾西亞坐在富漢路（Fulham）一家餐廳裡，試著向珍妮開一個關於她所感到的可怕的孤獨的玩笑：「珍妮，我寂寞到嘎嘎作響。」她有可能說過這句話嗎？雖然這位秘書實在不想承認，艾西亞的確逐漸變老，而且也增加了一些體重。她搬到鄉下住，不再突然帶珍妮去吃大餐，而且必須坐地鐵從克拉普罕（Clapham）上班，上班前甚至得先安排好保姆。但這兩個女人仍然遵守之前那些沒有說出口的約定：只談一點現況，絕口不提未來。

那天的情況則有不同。那些從未真正寫就的書的種種情節，及家族的祕密與幻想似乎都消亡了。「珍妮，我在寂寞芳心的專欄上登了一個廣告。」珍妮幾乎是生氣地凝視著這位說話的女人，她不願看她的美貌及纖細的身材正在眼前消失。「你對此有什麼想法？」遇到的是一陣沉默，而且不是習以為常那種因為仰慕而來的沉默，這次的沉默來自懷疑，甚至是一種恐懼。艾西亞繼續：「你不認為我配得上一個好男人嗎？」她的聲調再一次因活躍的想像力而提高：「在鄉村，一位圖書室中的年長男性，白髮，願意照顧一個女人和小孩。也許，一位寡婦……」她的聲音在此低了下去，她坐在桌邊，就像她的朋友一樣的沉默。

珍妮在超級市場排隊的時候，手裡提著一隻沉重的袋子，裡面裝的是艾西亞請她到哈洛百貨公司去買的野草莓，腦中想的是自己需要的是一次奇蹟。珍妮試著看懂艾西亞在購物清單上的字，每個字都透出一種沉重與沮喪，就像寫的人目前的精神狀態。

忠實的秘書漫想著艾西亞那些了不起的構想——小說構想，電影劇本的構想，或是一首足以擊敗她的競爭者病態作品的長詩——其中之一早晚會被發掘、成名，並為她帶來財富。艾西亞看起來就像個名人，事實上對珍妮及辦公室其他人而言，他們私下都對她還未成名而失望。這裡有這麼多年輕的導演，開著他們低底盤的跑車到處混，總有人會將這位俄德混血的尤物從森林中拯救出來，變成一顆閃亮的明星。或者是那些數量過多的出版商（珍妮有時在辦公室看到他們，他們在倉促的廣告世界中散發著一股優越感。），裡面總有人會幫她的女英雄出書，艾西亞可以選他們中的任何一個。事實是，艾西亞似乎確定將與這位賺錢不多的詩人安定下來，這開始讓珍妮覺得焦慮。她們的談話內容從不談到他，這已是件挺奇怪的事。但每當這位面孔和善、喜歡照顧朋友的女孩側身擠過一籃蘆筍與農場的棕色雞蛋，試著為她的朋友艾西亞勾繪一張人生藍圖（內容包括拋棄自己現有的男友，去和另一個可以幫助艾西亞成名的男人在一起）時，現實總會出現在她眼前。珍妮佛付了錢——這張帳單數目不小，而且她知道，即使他是她生命中的至愛，艾西亞不會從休斯先生那裡得到任何金錢援助。珍妮的手臂因為購物袋的重量而彎曲，蹣跚地穿越人行道走向巴士站。

珍妮買來的東西剛剛派上用場：即使他們準備了大量的食物和葡萄酒，來的客人比預估的更多。「噢，珍妮，我很抱歉，只要到街角那家小店——叫班叔叔的那家店就行了。麻煩你到那裡買一瓶龍舌蘭酒——為什麼在這個瘋狂的克拉普罕那麼難買到海鹽？」

珍妮一點都不介意這項新增的工作，相反地，她可以藉此看看希薇亞從來不談的室內裝修。她談過那麼多次俄國王子與德國的童話故事，那些在台拉維夫與她一起長大的人現在在法國所住的大房子，只要艾西亞對這個寒冷、黯淡的城市感到厭煩，隨時可以到那裡去住一陣。但她從來沒談過泰德和她的女兒。（即使珍妮曾聽辦公室一位友善的八卦女王艾莉絲談過關於這個小孩的事。）今夜，她第一次了解原來這位異國尤物被迫住在這個寒傖及悲傷的公寓裡，她第一次看到她的偶像在自己的家中究竟受到何種待遇。

那家班叔叔已經打烊（艾西亞當然沒有注意到這點，這點很像不切實際的艾西亞・威比勒的典型作風），珍妮必須搭巴士到勃德威（Broadway）去。今日諸事不順，克拉普罕買不到龍舌蘭酒，但艾西亞仍堅持她的幻想。珍妮心不在焉地買了海鹽，她看到艾西亞不耐煩地接過這些收在藍色海洋標誌的長罐中的白色顆粒。「看在上帝的分上，為什麼除了海鹽沒買別的東西？」珍妮幻想著艾西亞會這麼說。但在這陣非難之後，緊跟著的將是一朵新鮮的微笑，因為她當然買了法國麵包（一個好的牌子）及兩大袋的米，她早就預見了艾西亞一切的需要。唯一與想像不同的是，當艾西亞對她只買來海鹽卻沒買龍舌蘭酒而顯得暴躁時，一位男人從公寓的臥室出來，在狹窄的玄關上看著珍妮。

每次說到這裡，這位秘書總會暫時停下來。她不喜歡描述她朋友生命中的這個愛人，這個造成她的死亡男人。當大盤沙拉（那個男人做的）上桌卻發現沒有紅酒醋做醬汁時

（艾西亞用法文發「vinaigre de vin」這個字，彷彿刻意向那個男人示威，顯示她的教養凌駕於他），這次珍妮被要求去找紅酒醋，彷彿她是個精通於無中生有的魔術師。門鈴響起。廚房又小又熱，珍妮擔心那些變成紫色及藍色的野草莓，上面已經有一些小小的碰傷。雖然有點嫌遲，珍妮仍將它們擺進塞得太滿的冰箱中。突然，一個小孩跑了進來。

巨大的恥辱，依據德汶當地的居民及幫忙看這棟房子的安娜貝爾所宣稱的，這整件事最可恥的地方，乃是這個小孩的生活。她的母親無法應付自己生活中的不快樂與挫折，導致小孩本身也不快樂。這個小孩有深色的頭髮及眼睛，當她坐在母親的膝蓋上時，頭總是垂得低低的。珍妮在做那些她知道反正早晚會落到她頭上的準備工作（艾西亞會這麼說：「噢，珍妮甜心，可以請你把白米放到鍋上煮嗎？甜心，我不能讓我的雙手沾滿油漬——我覺得我們得做拉塔托雷（譯註：ratatouille，一種南法的燉菜），你找得到茄子和南瓜嗎？」），即使在艾西亞公寓的那一陣混亂之中，她也感覺得出這個小孩缺乏從母愛而來的安全感。那個男人，那位她的女神艾西亞永遠離不開的詩人，正低頭看著莎拉（Shura）——珍妮聽到這個名字後從此難以忘懷，在母親與女孩都死去很久以後，她仍然吹著口哨向自己念出那個名字：莎拉，莎拉——他看著莎拉的方式，彷彿這位神經質的母親與她的女兒已經構成他過度的負擔似的。珍妮緊張地從冰箱拿了一把草莓給她。「你知道嗎？」

在那個悲傷的夜晚過後好幾個月，有一次她在辦公室裡說：「關於那次在艾西亞家的晚餐，我的印象就是太多人擠在一個太小的地方。她在廚房裡拿著一些裝飯的碗忙進忙出，那個男人則用一個綠色大碗盛出一盆沙拉。艾西亞的眼睛一刻都沒有離開他。有些人圍著圓桌坐，其他人坐在沙發和椅子上。小女孩到處遊蕩，她的父母似乎完全沒有注意到她。」同辦公室的艾莉絲來遲了，她在晚餐都上桌後進到廚房與珍妮待在一起。「我覺得那是一個遺憾。」艾莉絲說，那個字「遺憾」開始在秘書的耳中迴響，並且持續了好幾年。「我本來可以進去那裡把小孩帶出來的，」艾莉絲說。「但某方面而言，他有如此強大的磁力——珍妮，你感覺得到嗎？因此我只是進去客廳加入大家用餐，完全任由她獨自迷失在那裡。」

伊莉莎白的說法

他們在屋裡拿一些東西，整件事情的重點是給與取。因為誰都看得出來，死去的那一位，力量較活著的人更強。每一件他們帶走的東西，更重要的意義其實是奪回。

依據第一任妻子的好友伊莉莎白的說法（在狼嗥不止的那一夜，她也在艾西亞的公寓，並遇見前來接生的護士），艾西亞起初並沒有看到真相。她以為自己擁有一切，而且還可以拿更多。但他——他知道相同的事情將會再度發生，而他完全無力阻止，或讓整件事情及早落幕。他們在綠莊著名的喇叭水仙盛開的季節來到德汶，他挖走種在煤桶中的草莓株，也拿走一張地毯，相當大的一張地毯。

根據伊莉莎白的描述，那天總共發生了三件事，而且每件事都和那位他們認為已經遠離的女人有關。事情總是這樣的，不是嗎？在德汶那幢房子裡，他雙膝著地設法綁緊地毯，一邊在抹著眼淚。而她，她要求參觀這幢房子，語氣就好像她是想買房子安頓下來的一般買主似的。即使她看到他在哭，整個人跪在地毯粗糙的邊緣上，旁邊擺了一煤筒滿滿的草莓株，她仍充滿自信。「帶我去看看這幢子，伊莉莎白。」她說。但我看得出來，她是被他的男人滴下來的眼淚逼走的——畢竟，他還是愛著希薇亞的，不是嗎？

因此伊莉莎白帶她上樓。這位對立者已經愚蠢地指責過看房子的人，以及她的丈夫提供的簡單到只有碎肉及馬鈴薯的簡單午餐，用她那種可笑的金斯堡腔調稱其為「醫院的伙食」。現在她的腳上甚至套著伊莉莎白的朋友希薇亞的鞋子。

房子仍是深紅色和白色。自從兩夫婦的關係破裂後，房子至今沒有修繕過，而死亡在這裡或其他任何地方都不曾解放過什麼。

階梯陡峭，就好像在爬一個石膏的頭像似的，但伊莉莎白奮勇直上。她知道艾西亞·威比勒對這個房子的格局一定早有所知：畢竟，她一年前才來拜訪過，而且他還尾隨她回到倫敦。「伊莉莎白。」伊莉莎白聽到那個聲音，看到那張憔悴的臉孔一日數百回。「天氣回暖後，我就會回來住。」她曾說：「趕上水仙喇叭開花的季節。」但來的卻是艾西亞。她帶走丈夫後仍不知足，也要把植物從土裡連株拔出。

在這棟屋子裡，還有比這位陌生女人更有力的某種東西存在著，這股力量逼使她們停下腳步。兩個人都震懾於伊莉莎白沒有說出來的想法：四周的一切顯露出一種勝利，逼迫著他得看到她被帶進所有的詩誕生的房間。整棟房子發出一股無形的力量，向這位對立者沉默地施壓，並逼使得照料這棟房子的人覺得有責任將鑰匙從腰間解下，插進門鎖之中。另一個聲音占領了在廚房中哭泣的男人：「你不覺得自己是個背叛者嗎？」她們呆立著，無法解釋自己為什麼就是踩不上鋪在階梯上的緋紅地毯。「帶我去她的房間。」艾西亞說。伊莉莎白怔住了，幾分鐘後，她緩緩地轉身帶頭往樓上走，艾西亞緊隨在後。

根據伊莉莎白的記憶，那股神秘的力量此時再度轉換，房子本身的空氣頑固地抗拒著入侵者的進入、窺視與打擾。當她們轉往廚房的方向時，碎肉及希薇亞夏天掛在牆上的香料味道撲面而來。艾西亞轉向那位她原本刻意冷落的女人，她的聲音和平常不同，低沉粗嘎之外還充滿了不確定與恐懼：「泰德和我在一起能快樂嗎？」她說，像一個突然對自己的台詞失去自信的女演員。

「你自己看看他！」這是伊莉莎白唯一能說的話。

「海女巫」，伊莉莎白說，「那是艾西亞所買染髮劑的名字。」一種青黑色的染髮劑。他告訴每個人她的頭髮快變灰了，你知道，本來她的年紀就比他大。

時間慢慢流過，她的每一個東西都被剝奪了。她回到倫敦——對她而言，一個英國鄉村並不適合她，她在那裡就像一個陌生人。聖誕節的時候，她烤了一個俄國式的蛋糕，他按電鈴請我們去陪她一起吃，因為她既寂寞又沮喪。

每一件她奪取的東西，又都從她身上被取走——甚至更多。愛、青春，最後是她的女兒以及她自己的生命，就在她第一次拜訪德汶兩位詩人家的七年之後。

他看著發生的一切，心裡相當清楚：悲歎、苦惱、子嗣、懇求——然後是惡寒、麻木，以及消逝。

七年之後，在艾西亞自殺並殺死自己的女兒的七年之後，人們開始在懷茲的山丘上看到那些鳥。如果你在五月的薄暮時抵達，至今仍可見 到它們的蹤影。它們從樹梢飛過城市，然後消失於黑夜之中：一隻燕子、一隻夜鶯與一隻戴勝鳥。